请至少爱一个像男人的男人

张小娴 著

到底要爱什么人啊?

至少、爱一个像男人的男人吧!

目 录
Contents

Chapter 1
请至少爱一个像男人的男人

请至少爱一个像男人的男人　002

爱上一个不肯长大的男人　007

女人是要来爱的，不是要来理喻的　012

比时间和新欢更有效的方法是自爱　016

爱一个人是连他的缺点也喜欢　022

我们真正害怕的，不是在乎，而是寒碜　026

无所谓忘记，只是放下了　030

Chapter 2
你可以拒绝婚姻，但请别拒绝爱情

你可以拒绝婚姻，但请别拒绝爱情　　036

单身的日子，学会过自己的生活　　042

人为什么会有爱情？　　048

你的爱情够不够用？　　052

爱情始于第一眼　　058

放下你了，但从未忘记　　063

爱情是最难得也最成功的误解　　067

Chapter 3
做取悦自己的贵族

做取悦自己的贵族 074

讨自己欢心,永远不会太早或太迟 081

一个人,也可以很幸福 087

胸是自己的,与他人无关 093

不要让脂肪把我们打败 099

我会活得比昨天好 104

滚床单应该滚什么床单? 109

Chapter 4
你可以单纯，但不要愚蠢

你可以单纯，但不要愚蠢　118

没有人会一直等你　124

你不要一直等，等成一条狗　129

没有全然坦诚，也是为了幸福　134

爱一个不爱你的人，就像一场小小的死亡　139

你永远感动不了不爱你的人　145

你的心理年龄是几岁，就爱上几岁的人　149

浮生若梦，爱情是多么苍凉的期待与渴求　157

Chapter 5
做一个可爱而精彩的女人

做一个可爱而精彩的女人 166

没有了谁，天都不会塌下来 172

过好一个人的日子 177

爱情，不需要将就 184

真正的爱是从肉体到灵魂深处 189

爱一个不爱你的好人，是对还是错？ 195

人生一切的努力，就是为了尽量减少缺憾 199

Chapter 6
当我足够好的时候，我就不爱你了

当我足够好的时候，我就不爱你了　206

过了冬天，我就不爱你啦　211

我想要的是一个平衡的人生　216

就是喜欢欺负你　222

只想和你虚度时光　226

为了你，万水千山在所不辞　231

你愿意在哪个城市度余生？　237

Chapter 7
人不能因为没有了谁就没有了自己

人不能因为没有了谁就没有了自己　244

假如爱的不是你,谁还要相信爱情?　248

嘲笑爱情之后,我们得到什么?　253

若有重逢,唯愿是一场美梦　261

男人和女人有纯友谊吗?　266

有人牵挂,就是幸福　272

在老朋友面前,所有自以为的改变都是徒劳的　278

Chapter 1

请至少爱一个像男人的男人

爱一个你爱也爱你的男人，

爱一个对你好的男人，

爱一个聪明有智慧、不断进步的男人，

爱一个善良的男人，

爱一个有承担的男人，

或者，至少爱一个像男人的男人吧。

请至少爱一个像男人的男人

一生中，我们总是一次又一次问自己，
到底要跟一个怎样的人过？
到底要爱一个怎样的男人？

有些悲剧，隔了若干年，当你长大些时，或者当你老了些时，回头再看，竟有点像荒诞剧，甚至闹剧，可是，当时的你，却以为自己再也不会活得更好。

她爱了很多年的那个男人，有天突然跟她说："我不爱你了。"那一天，她的世界崩塌了，她哭着求他不要走，甚至毫无尊严地拉着他一条腿，苦苦哀求他留下，他不肯，她疯了似的狠狠甩了他一巴掌，那一巴掌打得他很痛，他摸着脸，呆住了，她也被自己吓坏了。

他离开以后，世界并没有塌下来，她一个人过得好好的，他倒是过得不怎么好。当他想吃回头草时，她冷冷地拒绝他，她已经有爱的人，而且比他好太多。偶然想起他，她连他的生日都想不起来，她想到的，是他被她甩耳光的那个吃惊的表情，那个表情滑稽极了，当时她哭得死去活来，而今她自个儿偷偷笑了许多回。她总是想："我太傻了，他都不爱我了，为什么要甩他一巴掌呢？应该甩他两巴掌才对！"

当时以为过不去的坎，原来是通向幸福的一道门槛。有时候，你若执着于那个不爱你的人，你就输了；你放不下他，也就过不了后来的好日子。谁要你受委屈呢？只有你自己。他不爱你，归根结底，要怪谁呢？都怪你自己没眼光。

你可以不跟任何人过，可你不必跟自己过不去。

一生中，我们总是一次又一次问自己，到底要跟一个怎样的人过？到底要爱一个怎样的男人？

为什么会爱上一个人呢？不是有一种模式吗？我们似乎总是爱上同一类人，千万人之中，只有这一类人让我们眼眸含笑、心神一动，那一刻，我们的眼睛再也看不到别的人了。可是，即使看来是我们钟情的那一类人，也有好的和不好的人。有时候，你偏偏不幸挑了当中最坏的那一个。

爱对一个人，说难不难，却也不易。到底要爱什么人啊？爱一个你爱也爱你的男人，爱一个对你好的男人，爱一个聪明有智慧、不断进步的男人，爱一个善良的男人，

爱一个有承担的男人，或者，至少爱一个像男人的男人吧。

有的女人，明明是嫁给一个男人，可那个窝囊废除了身份证上的性别是男，身上几乎没有一处像个男人。他对她不见得有多好，他比不上她聪明，他一直没有进步而只有退步，他没做坏事，但也不是特别善良，他没承担，遇到什么事都躲在老婆后面。嫁给这种男人，是否太委屈自己？即使不想一个人过，也可以过得好些吧？

有的男人，看起来很不错，平日对老婆也很好，可他是个拒绝长大的"男孩"，总喜欢诿过于人。爱上他，你可能会幸福，但是，不要期望当你需要他时他会是个可以依靠的男人。

有的男人好像什么都好，但他自私，他最爱的只有他自己，其次才是你。你不是不知道他是这样的一个人，可是，每次失望哭泣之后，你还是离不开他，他优点太多，他也不是不爱你，只是比较自私。你苦哈哈地跟自己说："嗯嗯，谁要我爱上一个自私的人啊？"

有的男人什么都听你的，可他吝啬。钱都不愿意让你花，即使你花自己的钱，他也看不过眼，总抱怨你爱花钱，说你大手大脚，说你买的包包、衣服、鞋子太贵；你买给他的好东西,他倒不嫌贵。每次你买了喜欢的东西,只好把价钱说得便宜一点,再便宜一点。

什么是聪明和有智慧?就是懂得选择。你可以要多感性就多感性,但是,所有的感性最后还是得用理性去总结和成就。爱上一个不像男人的男人,并不会把你变成女汉子[1],只是从今以后,许多事情你得自个儿扛着,有时你也许会对他失望,会觉得没那么幸福,觉得有点委屈,尤其是当你脆弱的时候。

爱上一个人,或者嫁给他,不都是为了幸福吗?谁会为了委屈和失望去恋爱和嫁人?委屈和失望,总是后来的事。

---

[1] 网络用语,通常用来形容"外表是女性,行为举止像男性"的人。

爱上一个
不肯长大的男人

爱上一个不肯长大的男人，
不就是提早当上妈妈吗？
最气人的是，这『孩子』还不知道感恩图报，
只认为一切都是理所当然的。

本来想当女儿，却找了个想当儿子的人，那会是什么样的结局？只能分了吧？

那时候，每次她在家里跟我讲电话，她男朋友都会在电话那头发出各种奇怪的叫声，一开始我吓坏了，这个男人是不是精神不正常？后来我就习惯了，他没有不正常，他只是没长大，喜欢在家里捣蛋，什么时候高兴起来就大叫。

每次我们出去吃饭，他都要跟着她来，在餐厅里却只顾着看手机。三个人一起逛街，他就像个跟着妈妈出去的小男孩，总是嚷着要去看计算机和玩具，于是只好各逛各的，约定一个时间在某个地方会合，结果他每次都不知道跑到哪里去了，他"妈妈"还得不停打电话找他，然后看着他嬉皮笑脸地跑过来。可是，他年纪明明比我和她都大，也比我和她高出一个头。

爱上一个不肯长大的男人，不就是提早当上妈妈吗？最气人的是，这"孩子"还不知道感恩图报，只认为一切都是理所当然的。

谁叫你爱他呢？

他也是爱你的，若是不爱你，他早就跑掉了，怎么会黏着你呢？可有时你真的感到困惑，这到底是什么样的爱？他口里说爱你，却等着你去爱他。他心情好的时候，你是他女朋友，他心情不好的时候，你就是那个很烦人的妈妈。

他明明是个大人，脸上都有胡子了，上班工作，外出见朋友，没有人不把他看作成年人，可在你面前，他是个永远的男孩和永远的少年。他似乎从来不会主动想起你，你想起他，等他回电话和短信只会等到面若死灰，心都碎了。

当你想要个拥抱的时候，他却在一边逗你。当你想找个肩膀哭的时候，他却挨在你大腿边看球赛。你说："你走吧，你去玩吧。"他真的走了。当你最需要他的时候，他总是不在你身边。当你病了的时候，他说："那你歇歇吧，我自个儿去玩了。多大的事，你自己扛就好。"他的词典里，从来就没有"责任感"，只有"长不大"。

你想要的安全感，他永远给不了你。同学和朋友的儿子都长大了，他却还是个孩子，你不知道还要多少年才可以把他带大。

你一次又一次下定决心要离开他，却又舍不得，没有你，他好像活不下去了。你成天为他操心，他的那颗心你却永远抓不住，有时你禁不住想，他到底有没有一颗心？

这样苦苦爱着一个人，你也笑话自己。明明想找个避风港，却不小心走进了游乐园，一开始挺好玩的，玩着玩着就累了。一天，你跟他说，人还是要生活的啊，他却抱怨你太现实。

儿时你想要当公主，而今竟成了母后，母仪天下，垂帘听政，却是个孤零零的母后，没有一兵一卒，没有一寸国土，更没有三生三世花不空的国库，只有一个还咬着奶嘴的小皇帝。

对爱情所有的憧憬，都硬生生地被他磨碎了。

爱是什么，不就是陪伴？可这陪伴不光是肉体的，也是灵魂的。灵魂的高度不一样，人早晚会累坏。

你以为和他在一起会青春常驻，在他身边，你却只感到自己越来越老了。小孩子会长大，"永远的男孩"却不会。

男人说："如果你以为男人会长大，你就太傻了，我们是永远不会长大的。"

你知道男人不会真的长大，童心是难得的，洞察世事之后的那份天真更是难能可贵，可是，孩子也有好孩子、坏孩子、老小孩和小老孩，为什么他偏偏是个老小孩呢？

男人大抵有两种：喜欢当爸爸的和喜欢当儿子的。女人也一样，一种喜欢当妈妈，一种喜欢当女儿。你是哪一种？别走了岔路，苦了自己。男人失去的是时间，你失去的却是青春。

他曾是某个女人的儿子，到老了，即使头发都掉光了，也还是别人的儿子。你提早当了别人的妈妈，时光虚度，一天，你若想回头再当女儿，也许已经太老了。

女人是要来爱的，
不是要来理喻的

有时候，
我是故意不跟你讲道理的，
我只想对你任性一下，
看看你有多爱我。

谁说女人没有逻辑？怎么能够因为我们的逻辑跟男人的不一样就说我们没逻辑？逻辑肯定是有的，但是得看对着谁，也得看心情。

心情好的时候，我的逻辑思维也特别好。心情不好的时候，我都不谈逻辑。

恋爱的时候，我们有没有逻辑？当然是没有的。恋爱是那么不可靠的事，随时都会变，根据逻辑，谁还会去恋爱？可是，当我爱上你时，我会抛弃所有的逻辑，只相信自己的直觉，希望我的直觉不会错。直觉对了，逻辑错了又有什么关系？

是谁说女人有时不可理喻？请永远不要忘记：女人不是要来理喻的，她是要来爱的。

假使有一刻我显得有那么一点点不可理喻，只是这一刻我什么都不想解释，我只想要一点点爱和关心。

你真的以为我有那么不可理喻吗？有时候，我是故意不跟你讲道理的，我只想对你任性一下，看看你有多爱我。讲道理干吗呢？这又不会使我觉得被爱。

是谁说女人不容易被了解？我们可直接了，对女人来说，所有的人只分作四种：我爱的和我不爱的、爱我的和不爱我的。

我爱的人，我什么都愿意为他做。我不爱的人，为我做什么都没用。

爱我的人，什么话都好说。不爱我的人，我什么都不想跟他说。

是谁说女人难以捉摸？要是我爱你，用不着你来捉我，我会挤到你大腿上，扑到你身上，我会主动摸你。

当我沮丧的时候，多想你用大手温柔地摸摸我的脸，也微笑着摸摸我的头，告诉我你在。无言无语也无所谓，你在身边就好。

是谁说女人喜欢无理取闹？若是闹脾气，只是我这一刻积压了太多情绪，不知道怎样说出来，也不想你知道我为了一件小事生气和妒忌。憋在心里多苦啊，憋久了会抑郁啊，为了健康着想，我只好随手找些事情来发泄一下。

即使看来无理取闹，其实都是有理的。有时候，女人这么做只是想拐个弯跟你撒娇，却因为人太老实，不懂撒娇，所以撒得不好，变得有点无理取闹。这么幽微的心事、这个小小的弯，男人怎么就没看穿呢？太不长心眼了。

只要总结一下，就能发现女人都很有逻辑、可以理喻、不难了解、不会随便无理取闹，也喜欢被摸摸。女人这么好，想不去爱她们也难，谁还敢说女人的坏话？

比时间和新欢
更有效的方法是自爱

忘记一个人，
除了时间和新欢，
你需要的，只是自爱。

我们曾经多么努力去忘掉一个人，后来的一天，却要多么努力才想起关于他的那些微小的往事？

我曾经以为我无论如何也不会忘记的那个人，而今我连他是哪个星座的都想不起来了。我只记得当时的自己。

当你爱着一个人时，除了你自己的星座，你最好奇和关心的就是他的星座。我天蝎，你双鱼；我白羊，你水瓶，天造地设。漫天星宿，黄道十二宫，仿佛只有你俩是宇宙间最亮眼的两颗星星，每天形影相依。可是，后来的一天，他的星座和生日，再也跟你无关了。再过一些年月，你甚至想不起他是哪一天的生日。

时光到底是温柔还是残忍？如若温柔，为什么我竟可以把我爱过的人忘掉？如若残忍，为什么我却始终忘不了离我而去的那个人？

如何可以忘记你？以年？以月？以日？抑或以一生？

要是不费吹灰之力就能够把一个人从心底里丢开，我的人生是否会幸福很多？假如要耗一生才能够忘记一个人，我的人生又是否太苦涩了？

要是你不爱我，只愿从今天开始我再也不会想起你。

忘不了那个人，并不是因为忘记太苦，而是因为你想要跟自己过不去。你明明可以试着去忘记他，可你偏不要。

不想忘记，并不是他有多好，你心里清楚得很，无论他有多好，也都过去了。忘掉也好，忘不掉也好，都已经结束。

不肯忘记，只是自个儿苦苦地执拗。这样为难自己，以为他会心痛，却不肯承认，既然他离开了，你所有的痛也跟这个人无关了。长夜寂寥，你的眼泪和执着终归只能留给自己。

不是忘记太难，而是执着太深。当你执着的时候，你甚至可以忘掉整个世界，忘掉自己，忘掉你的人生，却忘不了他。

你的生命里本来就没有他，他来过，又走了，你偏偏不愿意回到没有他的日子，偏偏要在长街上那盏昏黄的灯下苦苦守候。

这场守候，却注定是会让你失望的。

你在心里跟自己说："他为什么要走？为什么不爱我了？他明明说过会一直爱我。"

当爱情变了时，承诺不是也会变吗？感情既已随风而去，承诺岂不如同飞花散尽？无论你想不想放下，爱情都已经不在你手里，抓不住了。

你哭着问自己："他怎么可以这么绝情？他到底有没有爱过我？"

也许有，也许没有，你又何必深究？

不要责怪对你决绝的人，他对你无情，不再关心你的死活，也不要跟你藕断丝连，其实是帮了你一把，让你可以尽快把他忘记。

时光终究是温柔的，渐渐地，不在身边的人，也不在回忆里了。

有个人，如果这一刻你无法放下，那就把他暂时放到心里一个小小的角落吧。就好像一件你很珍视的小东西，你害怕它会不见，于是把它藏起来，放到抽屉最里面的一个小铁罐里，放到一本书里，放到衣柜顶上，放到一件心爱的旧衣的口袋里……然后，生活继续，日子漫长，后来的一天，你都想不起你把它放到哪里去了，找不回了，你甚至不记得你有过这样一件小东西。这就是忘记。

回忆就像一只小小的手提行李箱，陪我们一路行走，我们都是旅人，箱子太小了，时光匆匆，难免丢三落四，带不走的太多，放不下的始终要放下。 有些人能够留在回忆里，陪你走到最后；另一些人，只能在你回忆的边边擦过。人面桃花，可他连桃花都不是，只是飞絮，只是尘土，曾经吹到你眼里，害你湿了眼睛。

有时候，你不是对离开的那个人一片痴心，而是对自己一往情深，受不了伤害。

可是，为了忘记一个人，我们又做过多少伤害自己的事？夜夜买醉，长夜哭泣，孤零零地出走，甚至跟一个不爱的人在一起，可惜这样的遗忘却常常是徒劳的。

时光已老，不如归去。你忘不掉的那个人，已经跟另一个人在一起，过着另一种生活了，他的生命里，再也没有你。

飞花散尽，孤舟独酌，人生不过是一趟苦乐参半的旅行，走马看花，终究寂寥。 回忆这只珍贵的手提行李箱，终有一天也是要放下的，更何况一路上的风景与尘土？你忘不掉的风景，早就把你忘掉了；你放不下的人，又何曾属于你？

忘记一个人，除了时间和新欢，你需要的，只是自爱。

既然床榻边没有你，那么，我的余生也不会有你的一席之地。

爱一个人
是连他的缺点也喜欢

留些缺点,才有血肉;
留些遗憾,才可以努力。
一路走来,你和我不是想要成为一个完美的人,
而是想要成为一个自己真心喜欢的人。

曾经有很多年，我觉得自己是个完美主义者，什么事情都想做到最好，眼里容不下半点瑕疵和错误，尤其是自己的瑕疵和错误。不小心用错一个字，新书的字体不好看，也会使我难过很久。直到有一天，无意中听到某人自称是个完美主义者，一瞬间，我崩溃了，心里想："这个人做出来的东西一向那么粗糙，怎么还好意思说自己是个完美主义者啊？"

如果他是完美主义者，那我肯定不是。

幸好，崩溃的一刻同时是觉醒的一刻。

我们所以为的完美从来只是自己以为的完美，同一把尺无法量度所有人，每个人都有自己的一把尺，有的人的那把尺松一些，有的人的紧一些，还有的人的尺是特别为自己定做的，明明只有一米三，也可以变成两米八。

第三种人多幸福啊。可我们又凭什么嘲笑他人？当我笑话别人时，别人也在笑话我。谁又能定义什么是好？什么是更好？什么是完美？

追求完美的路有多么痛苦和纠结，只有跟自己过不去的人才会那样向往完美。可是，追求完美的人，总难免会失望。这世上哪儿有什么完美呢？追求没有的东西，当然求而不得。

我渐渐明白，我从来不是在追求完美，我只是个爱挑剔的人，挑剔自己，也挑剔别人。

根本无所谓完美，就连"接近完美"都没有。我们能做的，只是加倍努力，成为一个更好的自己。

这是个充满缺憾的世界，谁不是百孔千疮？谁又是完美的？因为知道不圆满，才会那么渴望完美。

既然没有完美的人，也就不可能会有完美的爱情和婚姻。可是，我们却往往希望我们爱的那个人是完美的。

你爱上一个人，然后希望他变成你心中的完美的人，要是他达不到你心中的完美的标准，你就会失望和埋怨。这有多么痛苦啊！

想要成为一个完美的人，或者要求你爱的那个人是个完美的人，都是天方夜谭。

了解一个人的限制，也爱他的限制，这才是爱。

了解我爱的人也像我一样，有着生而为人的许多缺点，这才是爱。

我的缺点难道会比他少吗？可他并没有要求我是完美的。

人不都有缺点吗？留些缺点，才有血肉；留些遗憾，才可以努力。一路走来，你和我不是想要成为一个完美的人，而是想要成为一个自己真心喜欢的人。

在追求完美的路上，我们终究看出了每个人的局限。我想变得更好，是为了配得起你；我希望你变得更好，因为你是我爱的人。直到有一天，我渐渐老了，才明白你从来没有要求我配得起你，你从一开始就不认为我配不起你。

而我，假如我真的知道怎样去爱你，我应该相信你已经努力为我做到最好。

我们真正害怕的，
不是在乎，而是寒碜

当你不害怕寒碜时，
你才能够真正为自己而活；
当你能够微笑承认『我挺在乎的』时，
你才不是为别人而活。

每一句倔强的"我才不在乎!"背后其实有多少在乎?只有在乎,才会嘴硬;当你真的不在乎时,你根本不会把这句话挂在嘴边。

人为什么那么害怕在乎?我们真正害怕的,也许不是在乎,而是失去。我先把话说在前头,要是我失去了,我也不需要任何的怜悯,因为我打一开始就说过我不在乎。要是失去了,我宁可躲起来哭得天崩地裂,哭得像个鬼,也要时不时擦干眼泪冒个头出来告诉大家:"哼,我才不在乎!"

人都说要华丽转身,一旦在乎就显得寒碜,离华丽远了,于是只好拼命假装自己不在乎。

人为什么那么害怕承认自己在乎?无论是在乎一个人、在乎一份工作、在乎钱、在乎权位、在乎得失,还是在乎别人的眼光和喜恶，不都让人看到自己的软肋吗？那也太不潇洒了。我们真正害怕的，不是在乎，而是寒碜。

我们嘴里说我们不为别人而活，可要是不能好好活给我们所爱和所恨的人看，那有多寂寞？

我们说的和做的，往往是两回事。当你不害怕寒碜时，你才能够真正为自己而活；当你能够微笑承认"我挺在乎的"时，你才不是为别人而活。

为什么那么害怕在乎呢？在乎就在乎吧，我在乎又怎样？至少我愿意承认。不肯承认自己在乎，欺人又自欺，那多苦啊。世上并非只有潇洒才是美的，在乎也可以很美，在乎代表坚持，代表我爱得深，我爱到不愿意否认我多么在乎你。

在乎又怎样？有那么一刻，你明知道在乎这个人是错的，你却不愿意改。你甚至能够微笑着说："这辈子，就让我在乎一次吧！"这句话，何止深情？简直就是豪情；这句话，却那么苦涩。

我们都知道太在乎一个人，苦的是自己。他的喜怒哀乐，他的一举一动，全都牵动着你；他的一句话，甚至一个眼神，你都无法不放在心里。愈在乎就愈放不开，愈在乎就愈不自由。

等有一天，你终于不再在乎，也就自由，也自在了。可是，爱的时候，会有那一天吗？

有些东西，一直都在于自己。在乎也好，不在乎也好，骗得了所有人，始终骗不了自己。真正面对自己，知道了在乎会痛，才知道有时要放开一些，再放开一些。放开一些，并不是因为不在乎，而是在乎到累了，得把这份在乎深深埋起来，学着在乎得潇潇洒洒、不着痕迹，如同武侠小说里那些厉害的武功，练成了，都成武林高手了，也就可以笑傲江湖，在乎到你不知不觉。

是有一个人，曾经那么在乎你，你却不把他放在心里，直到失去了才觉得可惜。又有一个人，你是那样在乎他，在乎到痛，他却没有珍惜。人生漫长崎岖的情路，不过就是为了让人明白可惜，也懂得珍惜。

若是爱一个人，怎么可能不在乎？当失去的时候，又怎么能够不在乎？爱的时候就在乎，不爱就再也不在乎了。微笑承认我是在乎的，起码我真诚地面对自己，这一刻，我是勇敢而幸福的，多希望你也在乎我。

无所谓忘记，只是放下了

忘记一个人，
从来不可能刻意去忘记，
当你拼命想要忘记时，
也许只会更忘不了。

分开快三年了，如何可以忘记她？他偶尔会想起她的一些事情，每次想起她，还是能感受到曾经的那份温暖。

他说："忘记很难啊。"

你忘了也好，忘不了也好，都没关系了，她已经和别人在一起了。

忘记一个人，从来不可能刻意去忘记，当你拼命想要忘记时，也许只会更忘不了。

如果你真那么爱她，就把她放在心底吧。

放在心底的那个人，不一定要常常拿出来。当你幸福或者不幸福、快乐或者伤心的时候，你就偷偷把她拿出来，对自己说："啊，很久很久以前，我曾经这样爱过一个人。"

那时你比现在年轻，那时你还不懂爱，那时，你总以为只要在一起就可以一直到永远。

那个曾和你在一起的女孩，已经是前尘往事，人生还是要继续下去的。

你会爱上别的女人，重复每一段恋爱都会做的事，然后，你会把现在爱的这个人跟她比。她也会爱上别的人，也会拿她后来爱的每个男人跟你比。

哪一个更好一些？她可能觉得是你，你也可能觉得是她，却更有可能是你们后来爱的人。

感情是无法比较的。那时的你，那时的她，要是真的那么合适，又怎会分开呢？

也许，这一刻再回头看，两个人当时那些问题其实只是很小的问题，并非不可以解决，可是，那时年少气盛，也就执着，无论如何也不肯让步。如今看起来很小的问题，当时却要了你们的命。

曾经以为可以在一起一直到永远，谁知道有一天走不下去了。若曾深爱，离开以后，时间总会把记忆洗涤一遍又一遍，坏的洗掉了，怨怼也洗掉了，只留下好的。

你会怀念她的好，你偶尔会想起她，想起曾有一个人这样温暖过你，她陪伴过你，她给过你一个又一个温存的微笑。这些微笑都是生命中的礼物。

无所谓忘记，只是放下了。

一路上，放下一些，然后再放下一些，剩下来的，再也放不下了，埋在心底，化为回忆里的一缕诗意。直到有一天，当你老了的时候，往事模糊，很多事都忘记了，但你还是会记得，很久很久以前，你曾经这样爱过一个人。

Chapter 2

你可以拒绝婚姻，
但请别拒绝爱情

———

当你爱过以后，你才会知道爱情是怎么一回事。

你可以拒绝婚姻，但请别拒绝爱情，

它缺点很多，却终究是美好的，是值得你去拥抱的。

你可以拒绝婚姻，
但请别拒绝爱情

去尝试吧，去爱吧，去受伤吧！
以一个孩子的赤诚和纯真、
以一个成年女子的激情、
以一个老女人的成熟和沧桑，
勇敢去谈一次恋爱吧！

剩女的存在从来不是什么新鲜事，看看身边的朋友，你会发现，几乎每个人都有一个没嫁人的家人或者亲戚，有一些人甚至在很早的时代已经剩下来，你男朋友的老姑母、好朋友的老姐、旧同学的大表妹和老板的妹妹，通通是资深剩女。这些剩女年资太深，同辈早已经生儿育女，有些更是已经抱孙了，她们自己倒也活得挺自在的。

剩女岂是今天才有的？只是每个时代都有不同的称号而已。我家有剩女，就像家家有本难念的经一样平常。一开始，你觉得剩女是个贬义词，可渐渐不这么看了。就像有个人每天打你一巴掌，你习惯了就不觉得有什么问题，这不过是生活的一部分。

我有三个可爱的表妹，只嫁掉一个，剩下的两个毫无疑问会孤独终老，她们比别人幸运的是，姊妹俩可以互相守望到老。为什么只有最小的那个表妹嫁掉？最小的那个性格是比较外向的，可是，剩不剩下来，从来跟性格无关，关联更多的是缘分和际遇。

有时候，不妨换个想法，为什么爱情没找上你？连爱情都没有，更别说色情了。

会不会你上辈子是妲己？酒池肉林，太荒淫了，这辈子就一个人静静地面壁思过吧，下辈子再来颠倒众生。

会不会你前世是埃及艳后？曾经裙下之臣无数，桃花运早早用完了，这一世就清风明月，独坐幽篁里，弹琴复长啸吧。

一辈子很短，换个想法就不一样了，等下辈子再复仇吧。下辈子做个男人，不恋爱，不结婚，也没有人会说你是剩下的，只会怀疑你其实不喜欢女人。

或许，只恋爱，不结婚，浪荡一辈子，别人都羡慕你那么自由，没有人会用"孤独终老"这个词来形容你。

为什么没遇上心中想要的那种爱情啊？有些女孩子向往轰轰烈烈的爱情，抱怨自己没遇上，然而，爱情终究是一种配对，你不是一个轰轰烈烈、甘愿为爱情赴汤蹈火的人，又怎会遇到轰轰烈烈的爱情？轰轰烈烈的从来不是际遇，而是性格。你得是这种人，才会遇上这样的爱情，就好比你得是个浪漫的人，才会遇到一段浪漫的爱情；即使原本不浪漫的，你也会把它谈成一段浪漫的爱情。

反过来，有些女人对爱情几近无所谓，她们冷静而缺乏热情和激情，从恋爱、结婚，到生孩子，就好像是人生必须走的路，把它当成工作般做完就好了。要是有人跟她说爱情必须轰轰烈烈和刻骨铭心，她只会觉得你太不切实际，你电影和小说看太多看傻了。让人妒忌的是，偏偏是这种冷淡和实际的女人到了应该嫁人的时候总能够把自己嫁掉，而且嫁得不错。

用情太深的女人却往往没那么幸运，这是上帝要惩罚一个深情的人吗？

我不认为剩女剩下来是因为太挑，这是爱情啊，挑是应该的。缘分来的时候，再挑、再烦、再难相处、再不好看的女人也能嫁出去，也有人爱。我身边很多资深剩女并不比嫁出去的那些女人条件差，资深剩女的条件甚至要好一些。

独身也可以活得很精彩，只是，当一个人见过太多资深剩女的时候,他不得不承认,一个女人还是应该谈恋爱的。当你爱过以后,你才会知道爱情是怎么一回事。你可以拒绝婚姻,但请别拒绝爱情,它缺点很多,却终究是美好的,是值得你去拥抱的。曾经拥抱过爱情,那么,当你老了以后,你就不会变成一个孤僻和脾气有点古怪的老女人,你不会后悔你没去恋爱过。

爱情,当它甜蜜的时候,的确是甘霖,至少你知道男人是什么东西。当你尝过爱情的滋味以后,你会同意,它是人生最浓烈,也最复杂的一种滋味,没有别的味道可以跟它相比。

当你爱过以后,你才算是看过人间的风景。为什么不勇敢去恋爱呢?为什么因为害怕受伤而不去放开自己呢?

去尝试吧,去爱吧,去受伤吧!以一个孩子的赤诚和纯真、以一个成年女子的激情、以一个老女人的成熟和沧桑,勇敢去谈一次恋爱吧!

你都爬到山顶了,为什么不看看日出再回去?哪儿有这么笨的人呢。走了那么远的路,衣衫已老,为什么不看看那一轮落日再踏上归途?

你来过,你也爱过,一生中,有些风光是值得用余生的安静去换取的。爱是人生中最甜蜜也最哀伤、最真实也最虚幻的风景。当你见过了悲欢离合、恩爱无常以后,即使最终是一个人,也是一个不一样的人了。

单身的日子，
学会过自己的生活

在孤单与等待的漫长日子里，
学会过自己的生活吧。
为了那个将会遇到的人，
你要把自己养得更可爱。

她、她和她都有男朋友了，就连那个你一向瞧不顺眼的她也嫁人了，可为什么只有你剩下来？真是不服气啊，她们明明都不比你优秀。

遇到那个对的人真有那么难吗？心里想："好歹也结一次婚吧！"可就连这个机会也没有，你禁不住仰天长啸："为什么只有我剩下来！我真的有那么糟糕吗？还是因为我太优秀了？"

剩下和没有剩下，跟一个人的条件当然有关系，却也不是绝对的。有很多条件优秀的女人都还是单身，条件没那么好的女人，也许却嫁出去了。长得漂亮的女人，被爱的机会无疑会多一些，可是，长得不漂亮的女人也会有爱她的人。爱情和结婚，真的跟长相无关。

我认识一个女孩子，她从小到大都很胖，长得也不漂亮，都三十好几岁了，从没谈过恋爱。一天，我和一个朋友在街上碰到她，我跟我那朋友说："她人挺好的，可就是一直没遇到人。"

"她不嫁更好。"他说。

"为什么这样说？"

"她长这样子，勉强找个人嫁，我怕她将来会挨老公打呢！"我那朋友说。

他嘴巴太坏了，可他说得也不是没有道理。为了脱单而随便找个人嫁，不就等于断送自己的幸福吗？至于这么卑微吗？

当然，老婆不漂亮就会挨打只是男人的幻想，去看看身边的人，也去看看新闻吧，那些欺负老公、出手打老公的，几乎都是长得不漂亮的女人，挨打的是老公。相反，被老公欺负、被家暴的女人，有许多都长得挺好看的，她们只是嫁错了人。

为什么只有你剩下来？是因为性格吗？可我见过一个脾气很坏、性格也不讨喜的女人把自己嫁出去了，而且嫁了一个对她百依百顺的男人。

为什么只有你剩下来？是因为生活圈子太狭窄吗？当

缘分来到时,你就不能跨个圈子吗?谁说你一定得在你的圈子里找人?

外貌、性格、智商、学识和家庭背景,这一切并非不重要,却也不是你剩下来的理由。

为什么只有你剩下来?到现在你还不明白吗?是际遇。

际遇是否不能改变?也不是。能否改变,得看你有多进取。

说个真实的故事吧,V和E是朋友,E比V大10岁,那年E 35岁,一直单着。当时有个条件不错的男人追求V,可是,V对他就是没感觉,E不断对V说那个男人的坏话,V心里不觉得他有那么差劲,但是也无所谓了,反正她不会爱上他。一天,E跟V说工作上有需要,想找那个男人问一些意见,V说:"好的呀,我跟他说一声,他才不敢不答应。"那个男人自然是一口答应。

E和那个男人终于有了单独见面的机会,随后一段日子,E几乎消失了,那个男的也不见了,几个月后,V听说他俩要结婚了,是E倒追那个男的,而且有了他的孩子。他们两个人的婚礼,当然不会邀请她出席。

为了把自己嫁掉,你要不要这么"进取"?

机心重一点，耍一些手段，卖掉一个朋友，捡到别人不要的男人，这个男人还不错，这毕竟也是她的际遇，将来幸福就好，当初怎么得到手都不重要了。

可这么做不是进取，进取应该是光明磊落的。

单着的日子，你就不能讨好自己、愉悦自己、好好爱自己吗？你不需要为任何人卑微。谁知道哪一年、哪一天，你会遇到真命天子？际遇并非不可以努力，你努力些，无论内外，把自己装备得好一些，际遇也会对你好一些。就算不为爱情，也为自己。这一生如斯短暂，你尽力了吗？尽力了，其他的就交给天意吧。有的人还没出现，是因为时间还没到。在孤单与等待的漫长日子里，学会过自己的生活吧。为了那个将会遇到的人，你要把自己养得更可爱。

即使单身又怎样？谁说一定得走你父母走过的路？谁说一定要结婚？以前要盲婚哑嫁，要缠足，以前有童养媳呢，为什么现在没有了？这个世界已经变了啊。

除了爱情和婚姻，人生还有很多值得你去追逐的风景。人生的归宿不是任何人，而是过好这一生。

单着的人不一定就没有爱情，双着的人却不见得还有爱情。你到底是要嫁给爱情还是要嫁给婚姻？嫁给爱情不容易，嫁给婚姻可容易多了。

每个女孩一开始不都想嫁给爱情吗？只是，后来的际遇把人改变了。

到了那一天，你要嫁一个你爱的人还是一个爱你的人？嫁一个你爱也爱你的人吧，谁爱谁多一点都不重要，相爱就好。他爱你多一点，他会愿意跟你结婚；你爱他多一点，那你可能要等他开口，谁又知道要等多久？就看你愿不愿意等。

剩下来的人，都有各种理由，有些女人是等一个还没出现的人；有些女人等的，是一个不想结婚的男人。

人为什么会有爱情？

因为一个人走路会孤单啊。
这一生，爱一个人，
就是找一个人，
和你一起回去。

有情众生，生而为人，就会有爱情，想要爱情吧？

要是没有爱情，人生是否可以潇洒些、自由些，也快乐些？

却也未必。

佛经里有句很美丽的话，我一直很喜欢，就是说，每个人都是乘愿而来的。

为什么我们会来到这个世上？为什么要生而为人？

是因为上辈子有个未了的心愿，想要在这一生这一世圆愿。

那个心愿是什么，每个人的心愿也不一样，可能是想要报某个人的恩，也可能是要寻找上辈子失去的一样东西。

这一生，活到这一刻，是什么推动着你一直往前走？当你找到你来的目的，渐渐看出你那个未了的心愿是什么的时候，你也就明白人生的意义。

每个人都需要爱情，只是需要的程度不一样。有些人可能上辈子爱得太轰轰烈烈，累了，看出爱情没什么好玩的，恩爱无常，终究是会变的，是会消逝的，这辈子，他对爱情不那么热衷了。

有些人可能上辈子无人问津，孤独终老，这辈子，他再也不愿意那么寂寞了，于是一次又一次奋不顾身扑向爱情，差一点扑死了自己。

人为什么会有爱情？因为有了才感觉完整，有了才温暖，有了才觉得自己活过。

人为什么会有爱情？因为人都渴望被爱，当有人爱我时，我才知道我有多好。

人为什么会有爱情？因为爱一个人让我学会付出，也让我学会不自私。

人为什么会有爱情？因为想要依恋和被依恋的感觉。

人为什么会有爱情？因为你想要有个人分享你的成功、喜悦和梦想，要是没有这个人，成功也太孤寂了。

人为什么会有爱情？因为你想要有个人分担你的苦恼和失意，在你沮丧的时候，有个人明白你。

这一生，推动你的是哪一个心愿？

我们乘愿而来，唯愿不会心碎而返。

人都追求圆满，都渴望圆满，为了圆满，我们甚至不惜伤痕累累。可是，无论我们来人间多少回，始终会觉得生命中好像缺了一块，缺了亲情，或者缺了爱情，缺的东西总是太多。

这一生，乘愿而来，是为了圆愿；走的时候，却又留下一个未圆的愿。

圆愿，是多么遥远而漫长的事，一辈子的时光却如斯有限。

人为什么会有爱情？因为一个人走路会孤单啊。

这一生，爱一个人，就是找一个人，和你一起回去。

你的爱情够不够用？

到底要有多少爱情，
才足够过着幸福快乐的日子？
又要有多少爱情，
才足够共度余生？

我们常常会想钱够不够用、时间够不够用、假期够不够用、精力够不够用、知识够不够用、聪明才智又够不够用，却很少会想到爱情够不够用。

爱情够用的时候是什么样子的？要是你恋爱过，你怎么可能不知道呢？

爱情够用的时候，你自个儿就拥有一片天空，不是你走在那片蔚蓝的天空底下，而是你无论走到哪里，那片天空都跟着你转。你自带光彩，容光焕发，醒着的时候笑；睡着时，也会禁不住微笑。他在身边，你会微笑；他不在身边，你独个儿走在路上也会抿着嘴想他，然后甜甜地笑。

无论今天的天气有多坏，雾霾有多可怕，你头顶始终有一片晴空和一朵活泼的云彩；无论路上有多么拥挤，无论这一刻汽车的鸣笛声多么刺耳，你都看不到，也听不见，所有庸俗和烦扰都被你甩在身后，你的世界可爱到尽头。

因为被喜欢的人追求，因为刚刚堕入爱河，你的爱情是如此饱满，你像个幸福的富翁，也像个仁爱的皇帝，这时候，要是有个人不小心踩到你的脚，把你踩痛了，你也会扬扬手对他说："哦，没关系，你脚没事吧？"然后带着微笑拐着脚继续走路。

这时候，谁得罪了你，谁做了让你看不起的事，你几乎都不怎么生气，只会在心里说："朕不跟你计较，朕免你死罪。"

爱情不够用的时候是什么样子，你也是知道的。

爱情不够用，就像车子的汽油差不多要耗尽，车子随时会抛锚。爱情不够用，就像你在球场里打球，眼看那个球朝你迎面飞过来，你知道要伸出手接住，你伸出了手，可就是接不住，只好眼巴巴看着那个球掉在你身边。爱情不够用，就像你一直在跑，眼看终点在前面，可就是再也没有气力冲过去。爱情不够用，就像你明明知道是时候起床了，你很想爬起来，可就是起不来。

爱情不够用，就像你在山上缺水也缺氧，除了大口吸气和咽口水，你都不知道怎么办。

爱情很够用的那个你，有多远又有多近？是现在的你吗？还是你已经想不起来了？

爱情的多巴胺不过就是两三年，甚至两三个月的事，然后就归于平静。直到一场美好的性爱、一次求婚，或者到结婚的那一刻，你才又光彩照人。

曾几何时，在那段苦涩的、眼看即将走到尽头的爱情里，我们都是手头拮据的人，放手不是，不放手也不是。

到底要有多少爱情，才足够过着幸福快乐的日子？又要有多少爱情，才足够共度余生？人生若只如初见，又怎会有开到荼蘼的一天？

你身边也许有这样的一对朋友，他俩在一起许多年了，可两口子从来不爱过两口子的生活，总喜欢跟朋友过。平日、节日、两个人的生日、纪念日，都拉着朋友一起过。他们到底是有多爱朋友和爱热闹？抑或只剩下两个人的时候他们都寂寞和无聊，也无话可说？他们的爱情，要是还有的话，是太需要朋友，太需要外界的支持了。

反过来，有一种人，多半是女人，无论受伤多少次，无论到什么年纪了，每一次都奋力扑向爱情。沧海桑田，什么都会变，唯独她们对爱情从不死心，她们比我和你都相信爱情，她们见识过爱情够用的样子，就再也不愿意在平淡里枯萎。她们太迷恋那个自带光彩的自己。

我们却是直到爱不动了，才发现可以用的爱情所剩无几。

让人感到悲伤的是，暗恋的爱情有时候仿佛比相恋的爱情拥有更多的用量。暗恋的爱情，自己满足自己，自己照亮自己，不需要和另一个人一起去完成，等于一瓶氧气不需要跟另一个人分着用，就你一个人用，于是几乎可以一直用到你再也不想用的那一天。

一瓶氧气两个人分着用，那就得省着用。问题是，应该开源还是节流？怎样才会一直够用？怎样可以鲜活如初？人是否有永远掏不尽的爱？

日复一日，我们缺少了一颗感恩的心，要直到失去才懂得珍惜。不如意的时候、沮丧失望的时候，我们甚至会想，甩开你我也许就自由了，没有你我也可以，行将失去的时候才害怕到不肯放手。

我们的爱情，为什么盛极而衰？什么时候入不敷出、债台高筑？我们都变成了穷人，却不知道谁是谁的债主。你爱我为什么没爱到让我随意挥霍？我为什么没爱你爱到让你自带一朵美丽的云彩？

别等车子没汽油了才到处去找加油站，这时候，车子已经开不动了。

我们的爱情有时够用，有时不够用，心里觉得慌，唯有省着用，可是，这样的爱情有多寒碜？爱情本来就应该是拿来挥霍的，只有不断挥霍才能够不断拥有。可那个境界太高了，谁怜悯我和你只是凡夫俗子？

爱情终究是多巴胺的迷惑，到头来，只有爱才可以支撑爱情。可是，两个人只剩下友情又是否可以共度余生？友情和亲情是否比爱情更不容易憔悴？

可以任你大手挥霍的爱情终究像红颜易老。

我爱你，但是，已经没有爱情了。

爱情始于第一眼

一见中意,
以后还是要再见的。
见多了,爱上了,
就是钟情。

那年秋天,她一个人在英国读书,旧同学约她和另一个朋友周末下午去听歌剧。她本来不想去,可那时刚考完试,反正闲着无事,于是答应了。她依时赴约,旧同学却临时失约,旧同学的那个朋友倒是来了,在歌剧院外面傻傻地等着。他和她一样,是个背井离乡在异乡漂泊的穷学生,人很有趣,也很有才华,她早就听说过他的名字。

两个被放鸽子的人一见如故,在歌剧院外面一聊就聊了两个小时,连歌剧都不看了。聊着聊着,谁也舍不得结束,她看他好像看出了未来,他看她也好像看出了漫天星河,她索性马上跑回家打包东西搬到他家里过夜。

第二天,两个人匆匆买了戒指就跑去登记结婚。

这么罗曼蒂克的故事毕竟更像电影和小说,不像现实。

有没有一见钟情?当然是有的,只是太稀有,更多的是一见中意吧？

第一眼看到这个人就觉得中意，觉得面熟，好像在什么地方见过了，一见如故，也如旧。他就是你一直向往的人，是你喜欢的类型。

明明是刚相识，你和他偏偏有说不完的话题，他长得不是特别好看，可是，你看着还是喜欢。他不像其他人，言语无趣，他说的话，你都爱听，说着说着，天色已晚，星星都出来露脸了，又或者，天都亮了，月亮早已经回家睡觉，两个人却还是舍不得说再见。

是有那么一个类型的人，你每次看到时总是喜欢的，却不是每一次对方也刚好喜欢你。

而他，恰恰是这个类型，这一次，他也喜欢你。

一见中意，以后还是要再见的。

见多了，爱上了，就是钟情。

那个第一天晚上就收拾东西搬去男人家里的女人，也许是人在异乡太寂寞了，可结局终究还是幸福的。我的另一个朋友，同样是相识第一天就回家打包东西住到那个男人家里，只是，她没那么幸运，一年半之后，她拎着行李哭着离开。他爱上了别人。

她一直后悔那时太快就决定搬到他家里，他是不珍惜的。

要是他爱你，你第一天就情不自禁搬到他家里和等到六个月后再搬，又会有什么分别？一见钟情，总难免要冒险。你以为他就是你一直向往的人，你也许错了，他只是看起来好像是你一直向往的人，骨子里却不是。

比起一见钟情，我们似乎更相信一见如故。一眼看到你，说不出地喜欢，然后悄悄藏在心里，等着你首先说你喜欢我。

这样的等待，有时等到了，有时却落空了，只好独自回去，忘记他，或者偷偷爱着他。

这一生，是否一定会遇到那个一见如故的人？遇到了，爱上了，是否能够永远像初见那样甜蜜，日久也不生厌？多少一见中意和再见钟情的人后来却成了仇人见面或者形同陌路？可他也曾是你一见如故的那个人。

爱情始于第一眼，看到他的那一刻，禁不住眼睛一亮，嘴角含笑，后来的后来，却也许会为他掉眼泪。

人生怎么可能永远如初？

初见时的喜欢是否可以陪着我们走过这一生的漫漫长

路？是否经得起所有的考验和变幻？

两个人在一起的这些年，你曾有一百次想要踹他一脚，也曾有一百零一次想跟他分开算了，你再也不要爱这个人了，但你终归还是爱，还是舍不得离开。

初见时的那一眼和那一弯微笑，终究是对的。

放下你了，
但从未忘记

每一段美好的爱情都是养分，

纵使分离，

也会在余生滋养你。

都说时间是魔法，分开以后，为什么想念却与日俱增，始终未能忘记？

是因为时间不够长吧？

时间是魔法，可你还是得给时间一点时间。

要是时间不够长，另寻新欢也是好的。

要是新欢不够好，那你就学着自爱，离开以后，好好生活吧。

只有你活得好，你才可以放下。要是活得不好，你就会死死地抓住那些早已经消逝、不再属于你的东西来折磨自己。

谁都可以没有谁，人生不会因此就完了，路还是要走下去的。怎样走下去，是萦绕心头、念念不忘，还是放下自在？是你自己可以决定的。

"念念不忘，必有回响"终究只是电影故事，现实生活并非如此。现实中的念念不忘，不见得一定得把那个人沉沉地压在心头，压垮自己。

就算念念不忘，也并不是不能放下的。

彼此深爱过，因为种种原因，没能一起走到最后，从今以后，无论是一个人走，还是跟另一个人继续走下去，你都要活成更好的自己。那么，有一天，当你再见到他时，你可以挺直腰板，脸带微笑，让他知道，你活得很好，你活出了最好的样子。

每一段美好的爱情都是养分，纵使分离，也会在余生滋养你。

每一个曾是对的人，即使最后没能和你走到一起，他也把你变好了一点点。你深深知道，假如从来没有遇见他，你是没那么好的。

爱情总是会变的，或者变得更甜，也或者变苦了，变坏了，变得没有味道了。变成什么样子，不到后来，我们无从知道。我们唯一可以做的，是在拥有的时候倾心付出。

我是如此爱过你，分开了，无法坦然放下，但我会试着放下，把你放在想念里，让时间把我对你的想念藏在我心里最里面的一个角落,藏得深一些,再深一些,生活继续,总是可以慢慢放下的。

如若再见,你会看到我温暖的微笑,而非如同陌路。你在我生命里,终究是跟别人不一样的,是无可取代的。

离开以后,长路漫漫,走着走着,春去秋来,人生几度寒暑,渐渐老啦,放下你了,但从未忘记。

爱情是最难得
也最成功的误解

我们既了解彼此,也误解彼此,
爱情是最难得也最成功的误解。
我爱你如此之深,
连误解都是美好的。

不是有个真实而又老掉牙的笑话吗？男人一连几天摆出一张臭脸，不怎么说话，也不搭理她，女人心里禁不住想："他不爱我了，我就知道他不爱我了。"

男人心里想的却是："气死我了！西班牙又输了一球。"

他才没有不爱她，是她想象力太丰富了。反过来，要是女人一连几天摆出一张臭脸，男人想的肯定不会是"她不爱我了！"，他多半认为她是在闹脾气。他心里想的是："唉，不知道是谁惹她生气了，女人就是这么情绪化，跟我们男人完全不一样。"有时候，他甚至根本没留意到她心情不好。

男女大不同，你身边的那个人，真的了解你吗？抑或他只是爱你？我们可以不了解一个人却依然爱他爱到无可救药；当了解一个人时，我们却也许不爱他了。然而，两个人之间所有的了解和不了解，甚至相知，有多少是想象和误解？谁曾真正了解另一个人？

有人说，这一生，遇到爱，遇到喜欢都不稀罕，遇到了解才难得。我倒是认为，遇到成功的误解说不定更难得。

你曾因为世上有一个人这么了解你而感动，可有时候，他的误解却也多么触动你！你明明很自私，你爱自己远远超过你爱他，你只为他做一点小事，他也会当成一百分的爱。他说："你对我真好。"那一刻，你真的是惭愧到无地自容。然后你跟自己说："我以后要爱他多一点。"

谁说误解不好呢？有时候，我们竟如此需要误解。

你为什么会跟某个人分开？后来你才明白，你一点都不认识也不了解这个人，更别说误解了。合不来，就是连误解的机会都没有，彼此都懒得去误解。

在爱情里，有时候，是先有了解，才有误解。我爱你爱到总是在心里为你说好话，把你往好处想，我却也爱你爱到害怕你其实没那么爱我。我因为自个儿的想象和误解而伤心失望，直到你告诉我你心里想什么，我才又笑了，原来你是爱我的，是我傻傻地想太多了。

了解和误解并不矛盾，我们可以既了解也误解一个人。

人又何曾全然了解自己？有时连自己都不了解自己，想要完全了解一个人，是奢望；渴望有个人完全了解你，也太天真了。我们对自己不也有很多误解吗？你甚至不愿意去纠正那些误解，你也许既爱也怜悯那个你所误解的自己。为什么要醒来呢？一直误解下去似乎也挺幸福的。

青春年少时的爱情是把两个人牢牢地绑在一起，你爱我，也要了解我；当青春远去，我们相依相伴却也是自由的，你爱我，你也了解我，就像我了解你一样。我感觉我已经是那个最了解你的人，这就足够了，这我就安心了。

误解不都源于想象吗？可是，爱情怎么可能没有想象呢？一生中，我们爱的终归只有两个人：一个是自己，一个是自己想象出来的人。你是我想象的、我以为的那个人，那又有什么关系呢？我不也是你想象的、你以为的那个人吗？我们就一直这样误解下去，相濡以沫，长相厮守。

误解真的是误解吗？抑或，那是另一个我？有时候，就连我自己也不知道我是这样的，只有爱我的那个人才看得出来。适当的误解是爱情的甜点，首先甜蜜了自己。

每个人心中都有一片除了自己无人能抵达的孤单的内陆，幸福的误解和苦涩的了解，二选其一的话，也许我们都宁愿选择前者。我们既了解彼此,也误解彼此,爱情是最难得也最成功的误解。我爱你如此之深,连误解都是美好的。

Chapter 3

做取悦自己的贵族

无论你喜欢做什么,无论你喜欢谁,

只要没伤害别人都可以,

恶心到别人无所谓,别恶心到自己就好。

做取悦自己的
贵族

多少年来,你一直努力取悦别人,
取悦你想要取悦的人,
取悦这个世界,又要多少年后,
你才懂得取悦自己?

在以前住的那幢大厦，我常常碰到一对老夫妇，这两个老人，你很难对他们没有印象，这么说吧，他俩像两棵行走的圣诞树，每次出现都穿得五彩缤纷，非常耀眼。

有一次，我跟朋友说起这对夫妇，才知道她原来也认识他俩，听说老先生经营一盘小生意，颇有积蓄，两老早就退休，最大的嗜好是穿衣打扮。在他们身上，你从来不会看到黑、白、灰这些单调的颜色，有时是男的嫩绿，女的桃红，有时是男的鲜黄，女的粉橙，姹紫嫣红开遍，多恩爱，也多甜蜜！这一生，多么难得有个人和你一样热衷打扮，品位和你如此接近，你喜欢的衣服他也喜欢。

也许有人会笑话他们，都什么年纪了？还穿得像孔雀开屏。可他们伤到谁了？自己觉得好看，跟别人有什么关系？我们又凭什么认为这样的相濡以沫比不上两个同样爱读书、爱研究或者爱极地冒险的人？

他们是由衷地热爱装扮，甚至不介意让身上的衣服成为主角，自己退居配角的位置。别人若懂得赞美，固然是好的，不懂也没关系，那是你不懂欣赏他们的好。要是连做自己喜欢的事也想要得到别人的认同，那活得多累啊。

有人可能会说穿得像圣诞树哪里有品位？可是，美和品位岂止一个标准？有的人喜欢黑、白、灰，有的人就是喜欢五颜六色，不必去深究为什么，要是每个人都喜欢黑、白、灰，这世界将会是什么颜色？

爱穿和会穿是两回事，就像爱吃和会吃、爱做菜和会做菜压根儿是两码子的事，但你不会取笑爱吃和爱做菜的人。我甚至觉得那些喜欢穿得五彩缤纷的人特别善良，他们都有一颗不老的心。

87岁的纽约街拍鼻祖Bill Cunningham（比尔·坎宁安）几十年来风雨无阻，每天骑着一辆自行车在纽约街头捕捉穿得好看和有趣的路人，他是真正的街拍大师。有一位老太太Anna Piaggi（安娜·皮亚姬）一直是Bill Cunningham镜头下的宠儿，她穿得古灵精怪，标新立异，脸上永远擦着两坨红红的腮红，就好像每次都豪气地把一辈子能用的腮红全部用上了。Bill Cunningham 却特别欣赏她，说她是一个穿衣服的诗人。

谁说诗和田野只能在远方？眼前和远方不都是同一个地方吗？就像此岸即彼岸，眼前没有诗，远方也不可能会有。

同样是厚厚的粉底和两坨红红的腮红，小丑卸妆之后却觉得感伤，因为他是娱乐别人的。我曾经常常遇到的那对七彩的老夫妇和纽约街头那位斑斓的老太太，你说他们像蝴蝶、像马戏团团长、像空中特技人或者像魔术师和女助手也无所谓，他们活着是为了讨好自己和灿烂自己，而我们总是害怕恶心到别人，害怕出丑，也害怕被人取笑。

谁说灿烂的颜色穿在身上就一定俗气？我忘了是哪一位法国时装设计师在一个采访里被问到她最欣赏的打扮，她回答说是落难贵族的打扮。就是啊，那些破烂、斑驳和流苏的设计，那些被时光褪掉了的颜色，自有一种体面的美。有些大师，即使再多的颜色，从他手里甩到衣服上，也绝不会俗艳，这就是功力。

我曾经拥有过为数不多的 Romeo Gigli（罗密欧·吉利）的衣服，他的设计满满是落难贵族的味道，他也的确是贵族，母亲是女伯爵，父亲是古董书籍收藏家，他的童年是在意大利一幢16世纪的别墅中孤零零地度过的，陪伴他的，是数之不尽的书。成名好多年后，他也真的成了落难贵族，跟生意伙伴拆伙，他名下的店全都没有了，钱也没有了。这位学建筑出身的时装大师，他的衣服，美到凄凉，我好后悔我没留着。是的，那么绚烂的美，美到极致，有一种凄凉，就好像我们有天一觉醒来才发现从来就没有永远。

真正的贵族，家财散尽，品位犹在，那份优雅是别人拿不走的，是一夜暴富的人再花几十年也学不来的。品位是心中的一缕诗意。

我认识一位家道中落的老太太，跟 Bill Cunningham 的岁数没差多少，即便在家里见朋友，她的化妆打扮也一丝不苟，她在客厅从来不穿拖鞋，只穿皮鞋，她的拖鞋是在睡房里穿的，厨房也有厨房专用的拖鞋。她喜欢色彩缤纷的衣服，她的衣服一点也不贵，都在小店里买，然后自己搭配。她脸上的粉是擦得厚了点，可能因为年纪大了，眼睛对颜色没那么敏感。她年轻时可是出国留学的清秀的大美人呢。一个老太太粉底擦得厚了点、腮红擦得红了点，又伤到了谁？我由衷地敬佩她对生活的庄严和热情，不像我，在家老爱踢掉鞋子，赤着两只脚穿睡衣，朋友来了，我也是这个样子。我对生活，甚至对生命的热爱和好奇永远比不上她。

穷得有品位，那得多少年的修炼和教养？又得有多少坚持、沉淀与谦逊？遇到这样的人，你得好好认识他，学习他的诗意。

你也肯定遇过一种人，在你悉心打扮的那天，他走过来不怀好意地笑着问你："穿成这样是去喝喜酒吗？"

你真想骂他说："你才去喝喜酒！"

一个人难道不可以偶尔怀抱着赴宴的心情愉悦自己吗？人生是一场秀，我们每个人都走秀，都有自己的姿态，当你不在乎别人的想法和目光时，你才能够走出自己的姿态。

多少年来，你一直努力取悦别人，取悦你想要取悦的人，取悦这个世界，又要多少年后，你才懂得取悦自己？

无论你喜欢做什么，无论你喜欢谁，只要没伤害别人都可以，恶心到别人无所谓，别恶心到自己就好。多少人为了名声和财富，为了权力、野心和其他一切，做着恶心到别人也恶心到自己的事？而你不过是做自己喜欢的事，过自己喜欢的生活。若有人因为你做自己喜欢的事而觉得恶心和取笑你，那是他们的事。

真正苍白的，是期待别人的认同，尤其是那些与你无关的人，那才是落难，却成不了贵族。

讨自己欢心，
永远不会太早或太迟

要是无法讨好全世界，那就首先讨好自己吧。
别等憔悴了才知道要对自己好，
讨自己欢心，永远不会太早或太迟。

女人一旦过了三十岁，听到"卡路里"三个字就难免沮丧，喜欢吃的东西为什么都有卡路里？在跑步机上辛辛苦苦跑了一个小时才燃烧掉200卡路里，啃一块草莓蛋糕就前功尽弃，太残忍了。

听到"抗氧化"三个字，每个女人也会马上为之精神一振，若能留住青春，那该多好？吃什么能够年轻就都给我吃吧，听说葡萄抗氧化，也就有借口多喝几口红酒了。

要是听到"我爱你"呢？那要看是谁说的，又是在什么时候说的。听太多了、来得太迟，又或者说这句话的人不是我所爱的人，那么，那一刻也许会感伤，而不是微笑。

我是希望我听太多了。

有一年年底，我在广州担任一个讲座的嘉宾，那天在座的都是事业有成的女性，讲座尾声，我问了大家一个问题:"2015年快要过去了,这一年,你都做了什么证明你爱自己?"

这时,一位样貌清秀、约莫40岁的女士站起来,微笑着告诉大家:"我今年离婚了。"

她和丈夫一起打拼多年,钱是赚到了,却不幸福。丈夫在外面有女人,对她也不好。在最难过的日子里,有天晚上,她爬出客厅的窗子想闭上眼睛跳下去算了,这时,丈夫只看了她一眼,然后冷漠地回房间睡觉去。那一刻,她清醒了。这么多年来,她只知道为家庭、为孩子付出,直到如今,她才终于懂得爱自己。跟丈夫和平分手之后,她一个人过得很好,也放下了心结。

要是每个女人都能够早一点学会爱自己,那该多好?不要被人伤害到体无完肤才明白有些付出是永远没有出路的;有些人一旦从你心里走出去就没有回头路,永远不必再等。

有天我在一家香水店里看到一些来自中东的珍贵而稀有的香油,它们不是一瓶一瓶地卖的,而几乎是一滴一滴地卖的。那天我没买,只买了一瓶保加利亚玫瑰和沉香味的香水,近年我很迷沉香,而玫瑰,是三十岁后才爱上的。

一个月后,我又来到这家香水店,这一次,我想买一瓶夏天用的香水。两千多年前,耶稣降生为人,东方三位博士骑着马千里迢迢来到中东伯利恒朝拜圣婴,带的三份礼物分别是黄金、乳香和没药,从小读《圣经》,我对乳香和没药完全没有抵抗力,这是自小就在《圣经》里看到的东西,要是能够拥有多好啊!于是,我买了一瓶没药香水。

买到没药,我突然也对香油好奇起来,不那么好奇还好,好奇闻了一下,心都软了,想起徐四金(大陆译名为帕特里克·聚斯金德)的小说《香水》,我多喜欢那个故事;我也想起了那时年少青涩、手头拮据的我,买不起香水,买的是香水味的爽身粉,粉粉嫩嫩的,香味稍纵即逝。这天,为了证明我爱自己,我咬咬牙,买了几十滴玫瑰香油。

香水发明出来之前,女人用来熏香自己的就是香油。在遥远的过去,埃及艳后正是用这个香油的同一个配方色诱恺撒的。一代尤物早已作古,女人把自己擦得香香的,即使不是为了诱惑其他任何人,也还是可以诱惑自己、色迷自己。

从香水店再往前走一段路,有一家专卖德国香醋的小店,每一种醋都可以试一小口。吃醋能帮助消化,我很久没吃醋了,突然想吃醋。溜一眼各种味道的果醋,我看到有红石榴醋，眼睛马上亮了起来。

红石榴含有大量的石榴多酚和花青素，抗氧化性是绿茶的三倍、维生素 C 的二十倍。它的醋，怎能不吃呢？

买醋居然跟买那个中东香油一样，是一点一点地买的，先挑一个自己喜欢的瓶子，然后就可以拿着去装醋了。幸好，果醋比香油便宜得多，可以豪气些，眼也不眨一下，几百毫升地买。

英国国家统计局最新的研究发现，绿茶是日本女人长寿的秘密，虽说绿茶的抗氧化性比不上红石榴，但它始终是好东西，能补脑，你不可能天天喝一大杯醋，那会酸死你，但你可以每天喝绿茶。我用的是绿茶粉，比较方便，味道也更浓。

近年很流行喝冷压果菜汁排毒和瘦身，不管是否真的能够排毒和瘦身，多吃水果和菜总是好的，抗氧化啊。我每天早上做完运动都经过这家小店，店里的果菜汁很好喝。店里也卖思慕雪，不过，思慕雪我更喜欢自己在家里做。

这是我自己做的草莓思慕雪，材料很简单：草莓、香蕉、奇亚籽、杏仁奶。奇亚籽是近年流行的超级食物，低卡路里，含丰富蛋白质、ω–3 和纤维，抗氧化性是蓝莓的三倍。

最重要的是，它不难吃。

爱自己不一定是一味消费。热恋的时候，大脑会分泌大量的多巴胺，就像吃了催情药那样，使你心如鹿撞、心情愉快，连疼痛的感觉也会大大减轻，这时候，即使有人使劲抽你两巴掌，你也许还是会傻傻地对他笑。可惜的是，爱情的多巴胺通常在一年之后就会消失。

爱情的多巴胺来得快也去得快，却不需要绝望，做运动也会刺激大脑内多巴胺的分泌，使人心情愉快。你多久没做运动了？即使再忙，多走路也是好的，别光说爱自己，却成天坐着不动。

还有一样，可能是你没想到的，科学家发现，当你帮助别人时，你的大脑也能产生多巴胺。人从来不会因为自私而得到多巴胺，对人好，也就是对自己好。

过了三十岁也好，还没过三十岁也好，从爱爱情到爱自己，是多么漫长的路！却也是觉悟的路。我们依旧爱爱情，但是也懂得爱自己了。要是无法讨好全世界，那就首先讨好自己吧。别等憔悴了才知道要对自己好，讨自己欢心，永远不会太早或太迟。

一个人,
也可以很幸福

幸福是自己的,
有可以爱的人是幸福,
被爱是幸福,
然而,离开任何人,
你也依然可以幸福。

那时我七到八岁,蓄着一头像小男生的齐耳短发,一个人在家里玩,我对着镜子别了满头的发夹,越看越觉得自己真是好看。这时,爸爸回来了,看了看我,笑笑问我:"带你去看电影好吗?"

我兴奋地说:"好啊!"

然后,我的爸爸很幽默地说:"但你可不可以首先把头上的发夹拿掉?"

时隔多年,爸爸也不在了,可这一幕一直在我回忆里,也将陪伴我到最后,到了那一天,我早已满头花白。

每个女孩是否都曾经是个臭美的小孩?偷偷擦上红红的指甲油,穿上妈妈的高跟鞋,自个儿对着镜子老成地装模作样?那时候,若有一个大人夸你漂亮,你就会羞怯地投给他一个微笑,以后也会特别喜欢这个大人。

童年的臭美是跟自己玩的游戏，长大以后，当我们爱上一个人时，臭美不再是自己跟自己玩的游戏，而是对某个人撒娇，可是，男人在这方面从来不是一个很好的对手。

每个恋爱中的女人都有过这些时刻吧？那天烫了头发，或者穿上一条新买的裙子，觉得自己特别好看，心里想："等下他见到我，肯定会说我漂亮。"

可是，饭都吃到一半了，他竟好像没看出你跟平日不一样，你终于按捺不住问他："你有没有发现我今天有什么不同？"

他果然没发现，那一刻，你要么想哭，要么想拿起面前的饭碗砸他的头。

大部分男人都是这样的吧？发现女朋友今天跟昨天有什么不一样，从来就不是他们的专长。

不止一次，你悉心打扮之后跑去见他，只想听他说："你今天很好看。"可他根本看不出来。你自个儿沮丧，自个儿生气，甚至抱怨他不像从前那么爱你了，竟没留意你身上那一点的变化。

爱情中的我们曾经那么单纯、傻气又执着，只是，后来我们都长大了。

明知道男人从来都看不出女人身上那些微小的变化，他们就连身边的人整了容也看不出来，渐渐地，你看开了，不会再期待他发现你今天染了头发或者换了眼影的颜色，你也懒得问他了。一旦过了三十岁，你的臭美就又变成自个儿的游戏。

然后有一天，你突然明白，爱情有时候也是一个人自己跟自己玩的游戏，你忙着臭美，他却没看到你有多美。

我们终究会为自己而活，然而，在为自己而活之前，我多想为爱情，也为我所爱的人而活？

只是，时间和经历会让你明白，幸福是自己的，有可以爱的人是幸福，被爱是幸福，然而，离开任何人，你也依然可以幸福。

如果你不幸福，并不是因为那个人不再爱你，而是因为他离开以后你再也不知道怎样爱自己。

青春是什么？青春可忙了，忙着做梦，忙着犯错，忙着哀愁，忙着爱上错的人。

可是，谁没做过几件错事啊？过去不留，也留不住，人生需要一份潇洒，原谅自己，也原谅别人，脸带微笑前行。

直到有一天，别人说你看起来总是那么平静与淡然，只有你自己心里知道，而今的平静与淡然是用多少眼泪学回来的；此时此刻的波澜不惊，又曾被多少波澜淹没过。

生命中所有的挫折、伤痛和错误，所有的经历，都是为了造就你和锻炼你。岁月看似残忍，却也使你温柔，当青春在手的时候，你绝不可能拥有这份平静与淡然。

每个曾被父母宠爱着的自恋的小女孩都会老去，在长大和老去的路上，有多少心碎的时刻？有多少破碎了的自信、自尊、希望和梦想？谁又是完整的？过去那个愚蠢、天真、肤浅和不好的自己只是人生的一段过程，那就留给那段过去吧。我们从来没想过要成为一个怎样的人，走着走着就走成了现在这个模样。

破茧成蝶、浴火凤凰，总有一天，你会对着往事微笑，跟从前的那个你说："我再也不会活得像你。"

我会活得比你好。

人生不过就是以最好的姿态回去。归途上，若有人陪伴，当然是幸福的；假若没有，一个人也可以幸福。

当你失望、受伤、心碎的时候，你低着头落寞地走在路上，这世界好像只有黑色、白色和灰色。然而，走着走着，当你愿意抬起头时，颜色也渐渐多了。当你微笑时，天色更亮了，你身上的衣服也从黑色、白色和灰色变成了鲜艳的颜色，这时，小花纷纷从天空中落下，落在你头发里，落在你肩膀上，落在你眼睛前方，黄的、青的、绿的，万紫千红，你看出了这就是人生。

当漫天的小花缓缓飘落在你脚边时，你终于懂得淡定过日子了。阴晴圆缺，花开花谢，时光虽短，却也足够让你把曾经的苦涩和眼泪化为微笑。

胸是自己的，
与他人无关

你以为胸变大了丈夫就会回家吗？
男人如果变心了，
真的跟你的胸大不大没关系。

平胸的她，早在10年前就想去隆胸，却一直没勇气。纠结了整整10年，她终于下定决心送自己这份生日礼物。

她找了城中最著名的整容医生为她做手术。女人在这个节骨眼上总是贪婪的，反正要把它做大，做大做小的费用也一样，何不豁出去呢？她跟医生说，她想要大一些，要34 C，医生拒绝了，说她个子小，C罩杯在她身上显得太大了，不自然就不好看，B罩杯已经足够。他是城中最好的整容医生，找他整容的客人要等上一年半载，她不敢说不。

手术很成功，她后悔没有早点去做，干吗要等10年呢？她笑着抱怨说："我10年的人生！我10年的'波涛汹涌'啊！"

她把内衣全扔掉，买新的，旧的不合身了啊。现在多出了两团肉，外衣当然也要买新的，她的人生好像重新开始，于是她又贪婪了，跟闺蜜说："都说要C罩杯嘛，医生他偏偏不肯。"

有些负担，是否像女人的乳房，永远不嫌大？

一生中，有多少回，你想要改变自己的容貌和身材，却始终没胆量？

整容医生说，他有很多客人是在丈夫出轨之后才想要隆胸的，他每次都劝她们三思。

你以为胸变大了丈夫就会回家吗？

男人如果变心了，真的跟你的胸大不大没关系。

这方面，还是外国女人活得比我们洒脱。表哥在美国的医院工作，他说，他认识一个护士，多年来都是平胸的，有一次，她两个星期没上班，再回来的时候，已经变成大胸妞，走起路来摇曳生姿，顾盼自雄，直把他看傻了眼。

看到他大惊小怪的样子，她笑嘻嘻地告诉他，这个假期她跑去隆胸了，现在感觉身体负担有点大，但是慢慢会好的。

她们为自己而活，而不是为一个男人的去留和爱恶。

无论做什么，这一生，试着为自己而活，试着多爱自

己吧。

你不一定要隆胸，你不必改变自己的容貌，你只要珍惜自己就好。若不珍惜自己，即使变美了也还是不会幸福。

《权力的游戏》第五季，红袍女巫独个儿回到黑城堡里的房间，她对着镜子扒掉身上的衣服，顷刻，她从一个美艳撩人的女人变回一个干瘪的、脸上爬满皱纹的老妪，然后幽幽地蜷缩在被窝里。这才是真正的她，天知道她到底活了多少年，多大岁数了。

总有人说，女人的皱纹也可以很美，岁月留下的痕迹可以很动人，那只是因为我们还没到那个年纪吧？如果可以，谁会歌颂皱纹？谁不知道青春有多好？可它只是一场灿烂的烟火，留给余生一个美丽的回忆和一个苍凉的微笑。

但你总可以好好对自己，别活得那么累。

活给别人看很累，活给自己看，你会自在些，就算累了也值得。每次去日本泡温泉，我都很佩服日本女人，泡温泉明明是应该卸下所有束缚的时候，可是，我无数次见过，很多女人，不论年轻的还是年老的，泡温泉时都不卸妆，脸上依然擦着厚厚的粉。我见过一个约莫60岁的女人，泡完温泉，洗完澡，擦干身体之后，首先穿上的是束腰和束裤，然后是聚拢胸罩，这活得多累啊。

也许，只是我看着累吧。聚拢胸罩还好，它是乳房的美图秀秀，有时自欺一下又何妨？可是，束腰、束裤和塑身衣，压根儿是酷刑，而且实在是丑。

你有多爱自己就看你衣服里头怎么穿。我永远都爱蕾丝，黑色、白色、灰色、奶油色、肤色、紫色、粉红色都美，既性感也感性，它只属于女人，无论多么美、多么妖娆的男人都无法驾驭它。你不需要束腰、束裤和塑身衣，若你真爱自己，就好好锻炼身体吧。

至于聚拢胸罩，要丢开也许还不容易，那就稍微聚拢好了，就像修图也不能修得太过分，过了头就不美，夸张即庸俗。

有时候，世事不都带着几分上帝的幽默感吗？发明聚拢胸罩的正是出产莎莉蛋糕的莎莉公司，我曾经很爱吃这种放冰箱里随时可以拿出来吃的冷冻蛋糕。女人的乳房不也像放了颗糖渍樱桃的柔软的海绵蛋糕吗？可是，蛋糕也有赏味期限。

聚拢胸罩也像甜甜的蛋糕，抚慰了多少女人的芳心？却可曾拯救爱情？

人生可以活出几个不同的版本，试着成为最优秀版的自己吧。谁让你更爱自己和珍惜自己，他才是不自私的人，才是真的爱你，他不要你为他而活，他给你全然的自由，只是，这样的爱情太像天方夜谭，太难找了，只有自己给自己的爱情才能有这个高度。

胸是自己的，与他人无关。

你连真正的自己都能接受，那就没有什么人是你接受不了的。

当你终于抛开一切世俗的目光以后，你才能更接近真实的自己。当你分得出好和更好以后，也分得出性感与低俗，你就是个聪明女子。

当我们离青春的肉体渐渐远了以后，唯愿我们更接近美好的灵魂，而不是一无所有，只剩下一副老去的皮囊。

不要让脂肪
把我们打败

爱的消逝,几乎都跟体重无关。
爱你就爱你原本的样子,
也爱你现在和将来的样子,谁不会老?
又有谁的青春不会溜走?
不爱了,往往不是你变了,而是我变了。

"要是我胖了30斤，你还爱我吗？"女人这么问的时候，你得小心回答。

你款款深情地说："宝贝，我就爱你原本的样子。"以为她会感动，这答案却会让你死得很惨。什么是"原本的样子"？她问的不是她的灵魂，也不是她的个性，而是她此时此刻横陈在你面前的肉体。

你笑笑说："那得看胖在哪里，是不是胖在该胖的地方。"

这个答案比第一个答案好些，却不算很好，她听完，瞅你一眼，噘噘嘴说："色鬼！你就不能好好回答我的问题吗？"30斤啊，岂会那么善解人意都去了该去的地方？脂肪才不是热恋时那个对你百依百顺的男朋友，你想他去哪儿他都听你的。

面对这个问题，最机智的回答是："那还用说？我掉头就跑！"你会发现，这个答案居然让她笑起来。女人是这世上多么奇异的、教人摸不着头脑的一个物种！难怪聪明如霍金也说他从来不了解女人。

伦敦帝国理工学院在英国知名医学期刊《柳叶刀》上发表了一份研究报告。研究人员在40年间比较了1920万成年男女的BMI（体质指数）变化，还指出中国肥胖人口逼近9000万，已经超越美国，名列第一，成为全球肥胖人口最多的国家。天哪！美国人可是吃牛排、汉堡包和喝汽水长大的啊。

这近9000万个胖子里，胖女又比胖男多，男人约占4320万，女人约占4640万。

女胖子是不是将要比女汉子的阵容更庞大？这样下去，女人将会变成什么模样啊？我们是吃得太多和太好，还是好吃懒做？你有多久没做运动了？你总有借口说太累太忙不想动。这世上哪儿有不劳而获？你是真的连走路都没时间，还是你吃的意志更坚韧？

谁不爱美食？那你得付出。我每天做运动时想的是等下可以吃什么，这是我的动力。我努力了，就可以毫无愧疯地吃我喜欢吃的东西、喝我喜欢喝的酒，并且偶尔在饭后来两块厚厚的坚果黑巧克力和一大杯宇治抹茶雪糕。

别忘了只有男人腰上的两团肉才可以称为爱的扶手，那是给女人搭车时抓住当扶手用的，女人腰上那团只能叫肥肉。男人若有一个小肚子，那代表的是温暖可靠老实，冬天可以让你把冻僵了的两只脚丫贴上去热乎乎地取暖，女人那圆鼓鼓的肚子是下半身消化循环不好。

男人爱不爱你，不在于你胖了几斤或者瘦了几斤，而在于多年以后两个人是不是还有说不完的话题，又是不是依然渴望对方。爱的消逝，几乎都跟体重无关。爱你就爱你原本的样子，也爱你现在和将来的样子，谁不会老？又有谁的青春不会溜走？不爱了，往往不是你变了，而是我变了。

都说理想很丰满，现实很骨感，可有没有想过，爱情必然是肉感的？是两个人终于血肉相连的感觉。深深爱着一个人，虽然嘴里说："要是你胖了30斤，我掉头就跑！"心里却知道她是你心头的那块肉，虽然没有血缘关系，却是彼此的血肉和骨头，也是这生这世自己唯一可以选择的亲人。既然是亲人，我们是要一起到老的。

爱一个人，你只要他快乐，问题不是那30斤，而是那30斤把你熬成什么样子，它是否拿走了你的健康？有些事情，明明在自己手里，是可以努力的，只是我们常常战胜不了自己，也从来没有自己以为的那么爱自己。只有你好好活着，才能够和所爱的人一起老去。日子漫长，青春不再，身边终究还是你，连时间都打败不了我们，那就不要让脂肪把我们打败。

我会活得比昨天好

只有活得好,所有眼泪才值得;
只有活得好,离开的时候,
我才敢说我还好,我总算没有虚度时光。

过年前的一天,听到一对漂亮的少男少女说话,少女问少男:"新年你会怎么过?"

少男回答说:"都是酒池肉林之类吧。"

"呃,酒池肉林?哈哈哈……"少女听完捧着肚子咯咯大笑起来,少男也得意地扬起嘴角笑笑。

年轻多好啊!过节都是跟一大伙朋友吃喝玩乐。我们不都有过酒池肉林的岁月吗?直到后来的一天,朋友说:"过年来我家开派对吧,有很多好吃的,有烤排骨、烧牛肉、肥鹅肝、法国黄油鸡、比萨、意大利面,噢,还有巧克力蛋糕、我自己做的冰激凌和很多好酒。"你没有一边听一边吞口水,而是想到那天将会无休止地吃喝,第二天又后悔自己吃太多和喝太多,酒喝多了老得特别快啊,于是,你明白自己还是应该找个借口别去。

曾经那么渴望朋友们都喜欢你，都来找你玩，后来只想一个人或者两口子静静地过；曾经那么爱热闹，后来却向往安静，原来是老了。

18岁的时候，你觉得自己老了，比17岁时老得多了。到了25岁，你觉得自己比18岁时老太多了，你压根儿无法想象怎么能够活到30岁，可是，一不小心，你竟然35岁了，这一年的新年，在朋友家的派对上，依然酒池肉林，只是，酒池是面前堆积如山的酒瓶，肉林是你自己。

人为什么要老啊？是为了离开还是为了要好好活过？

无论过得好不好，时间都会如飞似逝，我们就是这样慢慢变老的。

过去无法改变，未来还可以努力。何苦活在过往的忧伤、懊悔与未知的恐惧之中呢？活好现在，就等于修正了过去，也等于活好了未来。时间从不为任何人停留，美好的回忆却会永留心中，直到时间尽头。

时间的尽头在哪里？传说中的世界尽头，有人说是火地岛，也有人说是基里巴斯，可是，从来没有人告诉我们，时间的尽头在哪儿。

时间的尽头也许无须长途跋涉，它不在天涯海角，不必翻山越岭，它不在苦寒之地，也不在遥远而荒凉的小国，它一直都在我和你心里。

什么时候你觉得时间好像静止了？是极爱一个人的时候还是极恨一个人的时候？

哪一刻你觉得时间已经到头了？是终于不爱的时候还是放弃一切希望的时候？

抑或，时间无所谓尽头，只是，你会在某一天退下来。

爱或不爱，都过去了，留下爱的，并肩前行吧。于此漫漫苍穹，苦苦俗世，我们想要的，常常是一种依归，人总害怕孤单和寂寞，也害怕未知的将来，依归在哪儿？在彼岸还是在心里？我们向往温暖，是否因为活在世上难免孤独？

可是，有那么一刻，你不无感伤地发现，爱情或许只是一个嗜好罢了，人生是否应该有一些更好，而且不会辜负你，不会害你家财散尽，也不会让你伤心欲绝的嗜好？

若有，很好；没有，那就继续努力吧。

崩溃，愈合，崩溃，又愈合，再努力活得比昨天好，然后渐渐变老，这就是我们的生活吧？

无论你过得好不好，时间也会过去，把微笑和眼泪都

留给昨天好了，反正也带不走。

为了遇见生命中的美好时光和生活里各种小滋小味，咱们得好好地活着，幸福地活着。

谁没做过几件蠢事？谁没爱过错的人？曾经的天真和肤浅，还有所有的挫败和受伤，只是人生的一个过程，都留给过去吧。破茧成蝶，浴火凤凰，总有一天，你可以微笑回首，跟从前最糟糕的那个你说："我再也不会活得像你，再也不会。"

爱过的人、恨过的人、伤痛的离别、那些流过的热泪，都让风把它们通通吹散吧，我会活得比昨天好，活得聪明些，也漂亮些。只有活得好，所有眼泪才值得；只有活得好，离开的时候，我才敢说我还好，我总算没有虚度时光。

滚床单
应该滚什么床单？

你有多爱自己，
看你肯买什么床单，
也看你肯滚什么床单。

大部分女人到了意大利米兰附近那个著名的销金窟Serravalle designer outlet（塞拉瓦莱名品奥特莱斯）都会忍不住挥金如土，捧走一大堆打折的衣服、鞋子和包包，可我的朋友捧回来的是Frette（芙蕾特）的床单，她甚至还笑靥如花，拿着这份战利品在outlet外面留影。

床单是她买给自己的，她有个若即若离、不跟她住、不肯结婚，而且永远长不大的男友。

Frette有什么好？上网搜一下就知道了，能够与之匹敌的，大概只有Pratesi（普达狮）。Frette用的是顶级的埃及棉，而Pratesi用的是生产于尼罗河畔的最高级的苏丹棉。

据说，用Frette的有麦当娜、比尔·盖茨、罗马教皇、欧洲皇室、六星级酒店和泰坦尼克号的头等舱（呃，这个有点不吉利，一去不回啊！）。

用Pratesi的有可可·香奈儿、海明威、迈克尔·杰克逊、珍妮弗·安妮斯顿和已故巨星伊丽莎白·泰勒。伊丽莎白·泰勒这个年轻时颠倒众生的女人，去到哪里都要用Pratesi，从家里的睡房到下榻的酒店，她都要用它，这不稀奇，可就连到医院动整容手术，她也要躺在Pratesi上。她曾经因为巴黎一家酒店用的不是Pratesi而拂袖离去。我真想知道，长眠的那天，载着她的那一口小小的棺木里面垫着的是不是Pratesi？

问题来了，Frette和Pratesi都那么好，你要睡到哪一边？要是你足够富有，那就多情一点，每晚睡一边吧。

什么样的床单才是好床单？专家会教你看纱支数、密度和克重，可谁会花时间牢记着这堆数字呢？谁都知道好东西是什么价钱，价格决定品质。但你不必一整套地买，等减价的时候一点一点地买也无妨，它又不是时装，它才不会过时；它也像衣服，自己搭配就好，你也不见得一定要买Frette和Pratesi，这世上还有许多好东西。

女人买好东西，首先买的往往是包包，然后是手表，鞋子，衣服，内衣，直到很久之后，才会是床单，或者永远不会是床单。最贴身的，难道不是内衣和床单吗？我们

总是先活给别人看，后来才懂得活给自己看。

等你有钱了，给自己买许多漂亮的衣服、鞋子、包包，甚至珠宝，你还不算爱自己，你要舍得买床单，你才是懂得爱自己。当你拥有一张好床单，决定不了今天晚上该穿哪一件衣服出去约会时，那就把它们一件一件扔到床上慢慢挑吧，这张柔软的床单配得起你最昂贵的那条裙子。

伤心难过的夜晚，一个人幽幽地回到家里，踢掉鞋子，扒掉身上的衣服，脸也不洗了，扑倒在床上大哭一场，哭着哭着睡了过去，明天一觉醒来，又是一条女汉子。这些孤单凄凉的长夜，怎么可以让一张粗糙的床单弄皱你已经憔悴的脸？

于是又回到那个老掉牙的问题了：你宁愿在一张 Frette 床单上哭，还是在一张 IKEA（宜家）床单上笑？

曾经为谁哭又为谁笑？后来的一天，你再也不那么容易为任何人哭了，人生所有的失意和失望，所有的愤恨，都无所谓了，你顶多只会为自己哭。

不是说一生中三分之一的时间都在睡眠中度过吗？陪伴你最久的，也许是你的床和你的枕头。一个人睡也好，两个人一块睡也好，谁说香水只能用在身上？对自己慷慨些，在你那张如丝般细腻的床单和枕套上擦一点点乳香、茉莉、橙花、铃兰、法国玫瑰或是阿拉伯沉香……几滴就好，只要是你这个夜晚最想闻到的香水都可以。所有这一切，都是为了做一场好梦，梦的那边，有你熟悉的味道，这味道是要把你从梦里唤回来的。

床单还是应该让女人去买的，一个男人对寝具太讲究，你会有点担心他多么耽溺于床上活动，男人只要对床伴讲究些就好。女人是应该对床单、被子和枕套讲究的，当你夜里蹬被子的时候，你蹬的是一条轻柔的羽绒被，它会爱抚你两只疲倦的脚丫。枕席厮磨，即便动作再怎么激烈，你花了很多钱买的那个用尼罗河畔的苏丹棉织成的枕套也绝不会磨皱你的脸。那一刻，一切都物有所值了。

你有多爱自己，看你肯买什么床单，也看你肯滚什么床单。有没有一个人，你和他滚床单可以滚一辈子？你好想对他说："你的床单，我滚定了。"这张床单，你找到了吗？或者说，漫漫长路，那个人找到你了吗？

两个人滚完床单，他没有丢下你呼呼大睡，而是陪你说一会儿话，直到其中一个首先睡着。滚床单时刚好来月经，他爬起来和你一起洗床单，而不是要你一个人做这件事,那么,这个男人是可以厮守的。

唯有爱可以直抵心房,而血肉之躯又能去多远呢?滚床单就应该滚这种床单。

一起生活多年的两个人,偶尔不做什么也可以裸睡,要是还没攒够钱买 Frette 和 Pratesi,那你就索性睡在他身上或者把一条腿架在他腿上吧,据说这样睡可以增进感情。你要担心的不是不穿衣服睡觉,两个人会不会着凉,而是一丝不挂之后什么都没发生。

多少年过去,触动你的从来不是技巧,而是那份温暖的感觉。滚床单滚着滚着睡着了,醒过来笑着再滚一次。无数个夜晚,看着他酣睡在你枕畔,听着他在你身边打呼噜,所有这些私密的时光,是要陪你到白头的。

你滚过的那些床单,在你记忆里温暖如故,犹有余温,抑或,有些床单,你再也不想滚一次,你恨自己曾经如此卑微,不懂自爱。

要不要相信爱情?要不要相信男人?这些问题有多么傻气啊!

一个女人,在你爱过一些男人后,只要你不笨,你就知道无所谓相信或者不相信,好好去拥抱爱情吧,就像那个秋天明媚的早晨，阳光穿过窗帘落在你赤裸裸的背上，你懒懒地拥抱着一床被子，梦着也醒着。

好好去拥抱爱情吧，就像那个苦寒的冬夜，你搂着厚厚的被子像个孩子般蜷缩在床上，外面刮着风，房间的暖气开了，那股干燥的温暖的气味使得眼前的一切看起来都不再那么真实，就像梦一样朦胧。

爱情是归乡还是梦乡？曾经那么近，有一刻，却也遥远而苍凉。

什么是安全感？是所爱的人的怀抱？是那些睡在他身旁的时刻？有什么是恒久的呢？连安全感都不是。是爱吗？是钱吗？是知识和梦想吗？这些难道不会失去吗？既然一切都不恒久，终将失去而无法永远把握，那你还害怕什么呢？

床单之上，你和被子之间是什么？是几滴幽香？是一个微笑？是所有那些枕畔的呢喃细语和私密时光？是那股熟悉的味道？是爱人的怀抱与体温？一起变老却终将离别，多么幸福，也多么伤感。就像房间里开了暖气的那个苦寒的夜晚，一切都不那么真实，是梦乡也是异乡。

Chapter 4

你可以单纯，但不要愚蠢

作为女人，你可以单纯，但不要愚蠢；

你可以没心没肺，但不要没头没脑；

你可以傻里傻气，但不要真的傻。

你可以单纯,
但不要愚蠢

你可能做过一些蠢事,说过一些蠢话,
爱过一些蠢人,
你甚至可能蠢到做过你苦苦迷恋着的那个男人的充气娃娃,
枕席之欢,卑微散场。
但是请不要永远蠢下去。

21岁的渔夫柏丁住在印度尼西亚苏拉威西省望涯群岛一个偏远的小村落,他从来没想过自己有一天会成为新闻人物,给大家带来很多欢乐。上个月,他在海上捡到一个人形玩偶,那天刚好是日食奇景出现之后,时间太巧合了,柏丁因此深信自己捡到的是天使。至于天使为什么会在日食后降落凡间,他倒是没有深究。

柏丁把天使带回家里。柏丁的妈妈看到天使,就跟儿子一样高兴,她每天替天使换上新的衣服和头饰,又为天使裹上印度尼西亚妇女的传统头巾,把天使打扮得漂漂亮亮,供奉在一把椅子上。这个有着美丽的大眼睛的天使看上去就跟真人一样,有谁会想到它根本不是天使?

柏丁捡到天使,成了这个平静小村落的头等大事,好奇的村民争相跑去看天使,当地媒体也大肆渲染,甚至有人绘声绘色地说看到天使哭泣。天使显灵的事很快就传到警方耳中，警察决定去柏丁家里一探究竟。英明的警察一看就知道那个穿了人的衣服的天使只是个充气娃娃，很可能是一艘路过望涯群岛的船上的某个人扔到海里的。（我估计是个特别缺公德心的男人或是一个怒火中烧的女友。）为免麻烦，警方决定把它没收，结束了这场闹剧。

这条花边新闻让我想起 1980 年一部在全世界都很卖座的电影《上帝也疯狂》。非洲卡拉哈里沙漠地区距离现代化的大都市只有 6000 公里，可这里的人对现代化的事物一无所知，只是深信上帝每天慈爱地看着他们的一举一动。某天，土著基在打猎回来的路上，从飞机上坠下的一个可乐瓶正好掉在他面前，基理所当然把它当作上帝送给他的礼物带回了部落。基的族人很快就发现这个晶莹漂亮的可乐瓶不但可以吹出动听的声音，还可以用来磨蛇皮……他们每天都找到它新的用处。

假如换一个场景，也换一个故事，捡到充气娃娃的是基，基肯定也会像柏丁一样，以为这是上帝给他的礼物，他会高高兴兴地把天使带回部落里去，族中的女人会用布块替天使遮蔽身体，给天使戴上一个个美丽而珍贵的项圈和唇环……这群幸福的人每天都找到天使新的用处。

生活在文明大都会，我们也许会取笑柏丁的无知，基也让我们笑破肚皮，可是，一个从来没见过可乐瓶的土著怎会知道什么是可乐瓶、什么是玻璃？一个从来没见过充气娃娃的男人又怎么可能知道他奉若神明的天使竟是别人的情趣用品？他甚至不会理解为什么有些人会需要一个充气娃娃。那多恶心，也多寂寞啊！

当我们笑话别人的无知时，我们又知道些什么？ 苏格拉底说：我只知道一件事，那就是我什么都不知道。我知道自己的无知，这就是我比所有人聪明的地方。只有知道自己的无知，才能认识自己；认识自己，方能认识人生。

谁敢说自己并非无知？远离无知的路是多么遥远和艰难！总有人说，女人不要那么聪明，聪明会痛苦啊，聪明会孤独啊。面对爱人的谎言，你也许曾经跟自己说："傻一些，再傻一些，也许就会快乐些，也许就不那么痛苦。"可后来你知道除非你真的傻，否则，你没有办法一直骗自己做个可怜的傻瓜。

身边总有人跟你说男人都喜欢笨女人，女人愈简单愈容易幸福。真的吗？简单是否就幸福？幸福可能很简单，一杯可口的咖啡,一碗热的汤,恋人温柔的怀抱,海浪的呢喃,天边的落日,星光下的漫步,枕边的低语……但是,简单不一定就幸福。

我想起一个朋友的故事。我认识她的时候,她已经再婚了。青梅竹马的前夫觉得她人太单纯,他受不了了,他不想余生这么过。她现任的丈夫是他们夫妻多年的好朋友,直到而今也没改变。她现任的丈夫爱的却正是她的单纯,他多想和她共度余生。在她离婚之后,他问她的前夫:"我可以追她吗?"她的前夫回答说:"当然可以,我没能给她幸福,我多希望你能够使她幸福。"甲之蜜糖,乙之砒霜。情有独钟,就是我看到别人看不到的你的好。

她是单纯,而不是无知,她可是名牌大学的毕业生。作为女人,你可以单纯,但不要愚蠢;你可以没心没肺,但不要没头没脑;你可以傻里傻气,但不要真的傻。

男人爱上不聪明的女人,只是因为他累了,或者他没有自信。这样的男人是你想要的吗?若你内心一片空白,你只是徒具人形的一个充气娃娃,把你奉若神明的那个男人又能聪明到哪里去?

有时候,我很难理解为什么有些人会爱上一个比自己笨的男人，他只会把我也变笨。我宁可做一个痛苦的人，也不要做一头快乐的猪，宁可孤独也无法将就。在追求智慧的漫长的路上，难道不是遇强愈强吗？为了配得起你所爱的人，你要聪明些，再聪明一些。即便不为任何人，你也要为自己聪明些，再聪明一些，虚心一些，再虚心一些，永远为了摆脱无知而奋进，虽然我们终究是无知的。

再也不要说别人辜负了你，终归是你辜负了自己，你是唯一能够把自己辜负到体无完肤的那个人。一生的时光如许有限，请不要荒凉了你自己。你可能做过一些蠢事，说过一些蠢话，爱过一些蠢人，你甚至可能蠢到做过你苦苦迷恋着的那个男人的充气娃娃，枕席之欢，卑微散场。可这就是青春吧？但是请不要永远蠢下去。你爱的那个男人，他的心可以是一个朴素的小村落，但他的思想最好能够是一座高楼，被这样的男人爱着，才不枉此生。

当青春和美貌渐渐离你而去时，只有智慧与觉悟和你长相依伴，这才是女人真正需要的安全感，谁也拿不走。因为我爱自己如此之深，我决不肯跟一个笨男人共度春宵，更别说共度余生。

没有人会一直等你

许多年过去了,你才发现,
你当初放弃的,原来也很好。
可是,那个人不会一直等你。

他是她的初恋，那时候，两个人都年轻，倔强又任性，离离合合了许多回，终于还是分开了。后来，两个人各自在不同的城市打拼，她身边的男朋友换了一个又一个，可她偶尔还是会想起他，不知道他在那个遥远而陌生的地方过得好不好。她心里想，他应该已经爱着别的女孩子了，他一向很招女孩子喜欢。

许多年后，她搬到另一座城市，一天，她偶然在车站外面碰到他。她早就在旧同学那儿听说他结婚了，她也已经有一个很好的男朋友，可她没想到兜兜转转，他竟然跟她住在同一座城。多年以后，再一次遇见他，她才知道原来他一直在她心里。

可惜，她已经有一个爱她的男人了。她幸福吗？总不能说不幸福。当初是一个人漂泊多年，突然觉得累了，很想安定下来，而这个男人刚好在身边，跟他在一起也挺惬意的。

"就这样吧，不会错的。"她跟自己说。

然而，再遇见初恋之后，她却一次又一次问自己："是我错了吗？"

她朝思暮想，想象和初恋重新走到一起的各种可能，终于有一天，她鼓起勇气约他出来吃饭。她跟自己说："就是叙叙旧罢了，他是我的青春，感觉就像我的亲人，而且当初是我要走的。"

见面的时候，他们聊了很多，却也有一些话题刻意不去触碰。他在这座城只是暂居，下个月就要走了。她突然明白，他已经不爱她了，她在他眼里再也找不到当年那个把她爱着宠着，想和她一直走下去的男孩。她心里想："他现在有更爱的人了，我那时为什么要和他分开呢？"

她独个儿走在回家的路上，说不出地沮丧。然后她跟自己说："他走了就好，不会再遇见了。"

多少遇见，曾经心旌摇曳？又有多少遇见，故作波澜不惊，各自归去？

当初为什么执意要和他分手，为什么不肯退让一步？为什么不珍惜呢？她就是太好胜。走着走着，她禁不住笑话自己，时隔多年，她终归败下阵来了，他难道没看出她的心意吗？她和他，却再无可能。

拥有的时候，你并不是不珍惜，只是那时年轻，以为人生还有许多可能，还会遇到很多人，然后，许多年过去了，你才发现，你当初放弃的，原来也很好。可是，那个人不会一直等你。

他说爱你的时候，你没感动；你若曾对他微笑，只因为抱歉和怜惜。是的，他有很多优点，可你就是觉得他不够好，你没法爱上他。多年以后，再一次遇见他，你不知道是岁月把他改变了还是你从前太骄傲，没看出他的好。当你爱过一些人，伤害过别人也被人伤害过时，你才知道这个人有多好，一次又一次，你几乎想开口问他："我和你，是否再无可能？"

你终究还是开不了口。

时间对每个人都是公平的，或多或少，都留给我们遗憾。有些爱情，再也不会回来了，那你就接受它们的消逝吧；有些爱情，未被珍惜，那你就接受自己当天的决定吧。

为什么要后悔呢？即使时光倒流，让你回到从前，结果也许还是会一样，二十岁的你，不可能有三十岁的想法。

后来的一切，不过是你一厢情愿的美好的想象。因为没有在一起，才会想象各种的可能；要是在一起，却又有各种的不如意。烟火人间，大多数时候，我们都走在一片迷雾里，却以为自己每次都做出了最清明的抉择。

每段爱情都有它最好的时机，当那个时机过去以后，所有的可能都变得没那么可能，甚至不可能了。

你不要一直等,
等成一条狗

你执意要等,可他在意吗?
他珍惜吗?他知道吗?
他有让你等吗?他都没要你等,
是你自作多情罢了。

分手已经7年，他一直等她回去。虽然早就不爱他，也没打算回去，可每次提起这个痴心一片的前男友，她总会略微得意地说："唉，这么多年了，他还在等我，太傻了。"这句话她说了整整8年，却没能再说下去，到了第9年，他爱上了别人，他不等了。

当他等的时候，她总是叫他别等，叫他去爱别人；当他真的去爱别人的时候，她却恨死他了。到头来，是谁太傻？她竟以为他会永远等她。

你都不爱他了，他为什么要等？他曾如此渴望你，可是，多少个夜晚，当他孤单、寂寞、痛苦的时候，他心里也是希望可以爱上别人的。谁会永远等一个人？不过是还爱那个人罢了，不过是遇不到另一个人罢了。

说穿了，有多少人是一边等一边找？他找到的时候，你还不过来，他就不等了；你过来，他也不一定还爱你。一个人的等待，等的不过是自己的死心，哪天死心了，哪天就自由了。

是谁在等？等什么呢？等他爱你，等他终于知道你的好，等他回心转意，等他改过，等他变好……所有这些等待，都会有失去耐性的一天。等待是一个人的苦苦勾留，无非是等自己鼓起勇气转身离开。

你知道他会来，你才会等，哪个傻瓜会等一个不会回来的人？除非，除他以外，你再也没有别的选择。

谁会等一列不会到站的列车？等的时候，是以为列车会来的，等着等着才知道列车不会来。你默默再坐一会儿，心里想着会不会有奇迹？然后你知道再无可能。起风了，冷飕飕的，你跟自己说："还是回去吧。"

多少等待，曾经饱含希望？多少离去，是渐渐没那么爱了，可以等，也可以不等，都无所谓了，不执着了；然后你告诉自己，以后再也不要等一个人了，没意思。

当你孤零零从车站走出来，抬头看到那片没有星星的夜空的时候，你突然就明白，有些等待是甜的，有些等待是苦的，有些等待患得患失，有些等待默然无语，有些等待永无尽期，有些等待是煎熬和折磨。人生有各样的等待，却不见得所有的等待都有归期。我爱你都爱到这么不自爱了，你若珍惜，我何须再等？你若不珍惜，我又何必再等？

曾经坚持的等待，不过是渴望他的稀罕。我用青春等你啊，你蓦然回首的那一刻，我在，那多好啊！感动吧你？我都被我自己感动到泪流满面了，可偏偏有那么一个人，他就是不感动，就是不稀罕，那你还等什么呢？一意孤行的等待，说得好听是痴情，说得难听是死皮赖脸。趁青春正好，不如归去。

那些没有应答的等待，总会随着时日变淡，痴心总有无以为继的一天，然后就梦醒了。有时候，是你把单相思看得太神圣，忘了我们都是血肉之躯。

当你等一个人的时候，你希望有一天他会和你在一起，而这一天不会很远。毫无希望的等待，只是一个人的徘徊不去。你执意要等，可他在意吗？他珍惜吗？他知道吗？他有让你等吗？他都没要你等，是你自作多情罢了。日子漫长，青春虚度，大好一个人，都等成一条狗了，再等下去难道会变成神犬吗？走吧，有些等待，只是一厢情愿。

灯火已阑珊，归途上，只有你自己，人家都没留你吃饭，再不回去就晚了。

没有全然坦诚，
也是为了幸福

人生是否有必要全然坦荡荡？
有时候，
可否让我保留一个小小的秘密？

谁没有过去呢？过去的一切假若没有让你变得更好，那真的是不值一提。假若这一切使你变好，那么，那些掉过的眼泪和受过的委屈就让它们过去吧，为什么要留在心里酸苦了自己？

有个女孩，一直痛恨她的初恋情人说过的一句话。那时，两个人都是留学生，他是她的学长，也是她的初恋，她孤身在外，很容易就爱上了这个长得好看又对她照顾有加的学长。那天晚上，她把第一次给了他，他却问她："这真的是你的第一次吗？"

那么多年过去，她早已经放下那段感情，却放不下对他的恨。在她心里，那是青春的耻辱。他怎么可以质疑她的处子之身？

后来她幸福吗？我不知道，我也不知道她有没有一次又一次把这件事告诉她以后爱上的人。假如她永远放不下那个人说过的那句话,她是无法全然幸福的。

那个人是真的有那么坏,说了不该说的话,还是她那一刻听到他这么说就激动,误会了他话里的意思?都那么多年了,又何必去深究?

有时候,忘记是为了幸福;没有全然坦诚,也是为了幸福。

即使你多爱一个人,是否有必要什么都告诉他?这个问题的答案常常分成对立的两方。有人说两个人在一起就是要坦诚相对,不坦诚就是说谎,可也有人说,不说只是不说,并不等于撒谎,两个人没必要什么都得说。

有些恋人,他们要求对方绝对的坦诚,他们什么都告诉对方,就连自己爱上别人或者昨天晚上受不住诱惑跟另一个人上了床,他们都可以全然坦白。他们就是要无所隐瞒,你爱我,就要爱这个真实而赤裸的我。

可这样的两个人到最后往往没能长相厮守。我们从来就没有自己以为的那么能够接受真相,我们也往往高估了自己的洒脱和包容,却低估了自己的记忆力。

何况,所谓绝对的坦诚又是否没有丝毫修饰?那终究是从自己口里说出来的故事，坦诚也是为了得到对方的原谅。

另一些恋人，并不是不坦诚，不坦诚的两个人，又怎么可能相爱？怎么可能一起走下去？只是，有些事，有些过去，他们没提起。

你是哪一种人？是坚持坦诚，还是觉得相爱就好，其他都不重要，重要的事才应该坦诚？

对过去坦诚的人，并不表示他们人格就高尚一些；对过去不坦诚的人，也不代表他们就不是好人。

面对他人，面对所爱的人，是否需要全然坦白？

有的女人跟一个男人生活了几十年，完全不知道他有另一个女人，直到他死后才知道。到底要不要原谅他？她恨他，却也爱他。从今以后，是爱他还是恨他？每个女人或许都宁愿永远不知道真相，也不会希望一生中有一天要面临这个抉择。

你含泪对你爱着的那个人说："你说出来，我不恨你。"然而，如果他真的开了口，没等他说完你就已经开始恨他了。

有时候，我们多么痛恨那个坦白的人。

人生是否有必要全然坦荡荡？有时候，可否让我保留一个小小的秘密？无论是出于羞怯，出于尊严，出于恐惧，恐惧你不再爱我，或是其他任何理由，要是你爱我，请容许我在心中为自己留一片孤独而寂静的天地，也留一个故事。总有一些事，我没有忘记，却也并不想提起，只想把它们丢给那段遥远的过去。那终究是一场旧事而已，那时我还没有遇到你。

自从遇见你，过去的一切都是碎片，都是往事。

爱一个不爱你的人，
就像一场小小的死亡

死死地抓住一段没有希望的爱情，
只是因为不肯输，
却不知道是不想输给自己，
还是不想输给别人。

你爱一个人，他不爱你，那就把这份爱默默藏在心底吧。

一厢情愿地头破血流、肝脑涂地，硬要对方知道你的爱、你的苦、你的伟大，说什么我的爱不用你管，爱你是我一个人的事，与你无关，这样的爱哪里是爱？只是撒野和骚扰。有时候，人是要流着泪、咬着牙，躲起来舔伤口，学着做一个沉默而高尚的人。

我们不都听过鸟的故事吗？鸟在知道自己即将老死的时候，会奋力飞向远方，有多远就飞多远，然后静静地、孤零零地死在那片荒凉的天空底下。我们看到的死鸟，都是受伤死亡，无力远飞的。

你爱的人不爱你，不懂你的好，就像一次小小的死亡，赖着不走或是像孤魂野鬼般时不时幽怨地跑出来露个脸，那死得多难看啊。

你可以苦涩地笑笑,跟自己说:"哦,没关系。"

但是,想哭的话,请你务必躲起来,有多远滚多远。百步之内,岂无芳草?若真的没有,那就多走几步吧。人往往渴死在遇见沙漠的那一口井之前,竟不知道只差一步就能遇见幸福。人生的百转千回,是你心碎绝望和孤单的时候无法想象的,熬过去,就是青山绿水。

绿水本无忧,因风皱面。青山原不老,为雪白头。风静了,雪落尽了,又是青山绿水。要是他足够好,那就做他的朋友吧,就好像你从来没爱上过他,他也从来没拒绝过你。要是他没那么好,那也没关系,你很快就会把他忘掉。

爱一个人,他不爱你,真的没关系。即使有关系又怎样?人家都不爱你。

曾有一个女子,自问条件优秀,可她爱的那个男人爱的偏偏是另一个人,一个比不上她的女人。她恨死那个女人了,她不甘心,不明白他怎么可能爱上一个那么平凡的女子。

后来,她从他的好朋友那里得知,那个女人长得很像他的初恋情人,相遇的那一刻,他就情不自禁爱上那个女人。

无所谓甘心不甘心了,谁让她长得不像某个人?至少,她知道自己为什么会输给另一个人。那份爱很痛,却并不深,输了就走吧。

大部分人的问题是不肯走。

那时她想,说不定许多年后的一天,她以前爱过的那个第一次谈恋爱的男人也会爱上一个像她的女子,不为什么,只因为这个人长得像她,像年轻时的她,像和他相遇相爱时的她。

这么想的时候,她突然感到些许安慰和幸福,那个曾和她相爱的男人,余生也许都在寻找一个像她的人。

多年以后,当她有些阅历时,她渐渐明白,男人毫无理由地爱上一个别人觉得很平凡的女人,也许是因为这个女人长得像他的初恋情人,要不就是像他以前的老婆。

或许真的是没有无缘无故的爱吧。

我们常常只愿意接受对自己有利的、美好的因缘,而无法接受不利于自己的、痛苦的因缘,爱和不爱不都是一场因缘吗?你爱的那个人爱的是另一个人,只因他俩的因缘更深,而你,你也会等到和你因缘最深的那个人。这就是牵手和擦肩的分别。

死死地抓住一段没有希望的爱情，只是因为不肯输，却不知道是不想输给自己，还是不想输给别人。

卑微到跪下来哭求对方爱你，你以为这就是认输吗？这只是不肯输。他被你感动了，留了下来，可是，后来的一天，你会恨这个曾让你跪下来的人，你会告诉自己，他若真的爱你，怎会要你如此不堪？这样的爱情终归是不会幸福的，是要散的。

有时候，你并没有自己以为的那么爱一个人，你只是无法接受他不爱你。然而，所有的不爱，终究会随着时日过去，变得云淡风轻，只要你肯认输就可以。

那些你苦苦爱过的和那些不爱你的人，都已经过去，都与你无关了。那些爱过你而被你拒绝的人，你会希望他们幸福。人生若只如初见，你和我只看到彼此最从容的一面，如若纠缠，后来的一天，你大概无法由衷地希望对方幸福。

你爱的人不爱你，真的不是谁的错，而是你们太不一样了。你和他唯一相似的，是两个人的眼睛都不怎么好，所以他才没看到你的好，也没看出你眼里的一缕柔情；而你，你也没看出他眼里从来就没有你。

时日渐远,你也许会笑话自己,当时怎么会傻到一厢情愿地爱上这个人?幸好,你和他只是擦肩,而不是牵手。他的拒绝,最终使你变得高尚,虽然这并不是他的原意,他还是你一生里应该感激的一个人。

你永远感动不了不爱你的人

我们往往不是选择对自己最好的那个人,而是选择自己爱的那个人。

爱情有时就像上帝跟你开的一个大玩笑，你爱着一个不爱你的人，一个你不爱的人爱着你。下大雨，你爱的那个人走在前面，你在后面为他打伞，后面却也有一个人为你打伞，可你不愿意转身去接受那个爱你的人。

只要转身也许就会得到爱和幸福，可是，转身又怎可以勉强呢？

我们明知道什么对自己最好，却往往下不了决心。爱一个人，你宁愿自己湿了身，也要为他打伞；不爱一个人，他淋着雨为你打伞，你也不会感动。

你明明知道自己应该感动，你跟自己说："要是能够感动该有多好。"可你就是做不到。不爱的时候，无论他有多好，你就是不觉得感动，你心里只有抱歉、感谢和可惜。

你终归感动不了那个不爱你的人，那个你不爱的人也

感动不了你。

我们往往不是选择对自己最好的那个人,而是选择自己爱的那个人。要是始终没有最爱的人,我们也许才愿意投降,才肯服气,黯然选择对自己最好的那个人。

与所爱的人在雨中漫步,是一种人生;任由爱你的那个人在雨中默默走在你后面,又是另一种人生。

要过哪一种人生,要看你是什么年纪。

那样苦苦爱着一个不爱你的人,他却连看都不看你一眼,你明明可以转身离去,结束你所有的卑微,你却好像戴上了脚镣,转不了身。直到有一天,你终于死心了,才明白没有爱就无法被感动,这时,你终于转身了,背后那个为你打伞的人却也许已经不在了。

哪里会有永远的一厢情愿的等待呢?不过是一时半刻放不下。

痴心也有穷途末路的一天,然后就死心了,明白这条路已经走到尽头,走不下去了。

是有那么一个人,你爱他,他不爱你;也有一个人,他爱你,你爱的却是另一个人。你流着泪为谁打伞?谁又流着泪为你打伞?

雨下大了，风把你手里的伞吹歪了，爱谁都会湿了胳膊，也湿了眼睛，可我们还是宁愿选择自己爱的那个人，而不是转过身去将就。

我为什么要转身呢？我走出去好了。

一厢情愿的爱只是一个人孤零零走的路，走累了，走到死心了，看不到一星光亮，只看到自己像个苦涩的笑话，终于，你舍得离去，然后有一天，你会遇到你爱也爱你的那个人，回家的路上，刮着风，下着雨，他拿着伞，你挨着他走，雨太大了，两个人头发都湿了，也湿了一边胳膊，脸上却依然漾着微笑。千万人之中，我只为你转身。

你的心理年龄是几岁，
就爱上几岁的人

真实的年龄从来无关紧要，
我们爱上的，
是跟我们心理年龄最接近的那个人。

我有个好朋友，从来只爱年轻俊俏的男人，就是现在说的"小鲜肉"。她当年在戏院看了三遍《投名状》，是为了看金城武骑马出场。金城武骑的那一匹是黑马还是白马，金城武未必记得，但她肯定记得。吴彦祖刚刚走红的时候，她迷他迷得像个小花痴，那时我还在办杂志，她千叮万嘱，要是我找吴彦祖拍封面，一定得带上她。幸好，我没拍过吴彦祖。

金城武和吴彦祖遥不可及，即使不那么年轻了，他们也只能是别人的。在她身边、在她生命里的，是另一些"小鲜肉"。她每次爱上的男人都比她年轻，有一个比她年轻5岁，另一个比她年轻9岁，还有一个比她年轻了整整11岁。年轻不一定就笨，可这些"小鲜肉"全都比她笨。她太聪明了，不觉得需要一个男人来使她变得更聪明，她只要年轻、高大帅气、能陪她玩的。可惜，他们一个个都离开了，她到现在还是形单影只。

那么多年过去，她当年爱过的"小鲜肉"早已成了别人碗里的"红烧肉"，但她爱的始终没变。我不知道当她60岁时，什么年纪的男人对她来说才是"小鲜肉"，34岁算不算？

2012年，63岁的婚纱女王王薇薇恋上比她年轻36岁的花样滑冰冠军，那哥长了一张大长脸，帅不帅真的是见仁见智，但他毕竟比她年轻许多，都能当她儿子了。她年轻时也是滑冰运动员，他们相恋以后，她可以牵着他的手一起去滑冰，做她年轻时做的事。两个60岁以上的人可做不了这件事，只有其中一个年轻，另一个也才变得年轻，或者至少努力变得年轻。

爱上"小鲜肉"的女名人还有《情人》的作者玛格丽特·杜拉斯。杜拉斯晚年有一个比她年轻39岁的小男友扬·安德烈亚。他本来是个同性恋者，学生时代深深迷上她的书。不知道是不是她让他变直了，他是她最后的爱人。他是她的助理、她的缪斯、她的看护，也是她最忠诚和痴心的恋人，她好几次把他撵走，他却又回到她身边，陪她度过人生最后的16年,那年老色衰、苦长的16年。

可也就是扬·安德烈亚在她身边的那些日子,杜拉斯写出了自传体小说,也是她最为人知的作品——《情人》。故事里那个15岁半的法国女孩爱上的是个年纪比她大将近一倍的中国男子,那是杜拉斯最初的爱情。最初和最后,竟然如此不一样,杜拉斯是否真的爱"小鲜肉",永远是个谜。

青春到底是在自己手里,还是你青春故我青春?

青春终归是在自己手里吧。我喜欢比我老的,你老些故我青春。等我很老很老了,无论去到哪里,至少有一个比我老的为我垫底,让我觉得我还不算老,这多好啊。

我太坏了吧?谁让我心里一直住着一个男人、一个女人、一个孩子和一个老人?他们都是我,那个孩子喜欢比她老的大人,那个老人喜欢跟她一样老的老人。也许,真实的年龄从来无关紧要,我们爱上的,是跟我们心理年龄最接近的那个人。

你的心理年龄是几岁?

你是几岁,就爱上几岁的人。我喜欢风霜的味道,当然,男人只有老得好看才叫风霜,否则只是衰老。女人无所谓老得好看或不好看，只有老得快些或老得慢些。有人说吃素使人年轻，可是，在饿着肚子的苦寒的冬夜，能喝到一碗漂着油花的热腾腾的肉汤，是多么美好和温暖的抚慰！

我并非无肉不欢，其实我只吃一点点肉，不吃也可以，只是，对肉的渴望是那么尘世的存在，烟火人间，饮食男女，倘若只吃素，就好像再也没有任何绮思和欲念的爱情，终究是有点感伤。还有牙齿可以咀嚼的日子，就让我偶尔吃口肉吧，那是红尘俗世的味道。

你喜欢吃什么肉？小鲜肉？红烧肉？熟成牛肉，还是神户牛肉？

满布油花的神户牛肉虽然名贵，但我真不觉得它好吃，它也太肥了吧？都说爱吃牛肉的人都喜欢有一点脂肪的，就好像爱吃叉烧的人都吃半肥瘦的，但我偏爱瘦的，小鲜肉和红烧肉皆非我所爱，牛肉面和家常的青菜炒牛肉好吃多了。要吃牛排，美国安格斯牛肉挺好吃的。想吃瘦的，意大利有一种白老牛，肉质鲜嫩而没有脂肪，甚至可以养到17岁才吃，吃下去肉质依然不老，这应该是最老的小鲜肉吧？

吃牛排，我爱吃熟成牛肉，新鲜的牛肉放在特制的熟成室里吊挂和风干，牛肉的水分蒸发，肌理也改变了，变得柔软多汁，肉味更醇厚。虽然熟成过程只有短短数十天，对牛肉来说却是漫长的岁月，最后那独特的风味正是光阴的滋味。

有人爱吃老牛肉，有人爱吃小牛肉，喜欢小牛肉的细腻和奶香，我不爱吃，正因为不喜欢小牛肉闻起来像奶娃的气味。我可喜欢喝牛奶了，但吃牛犊又是另一回事，就像我喜欢咖啡曲奇和咖啡蛋糕，也喜欢咖啡的香味，却不怎么爱喝咖啡。

口味就是这么奇怪的东西，就像喝酒，有人喜欢新鲜冰冻的啤酒，有人喜欢陈年佳酿；有人喜欢有年份的红酒，也有人喜欢以当年采收的葡萄酿造的博若莱新酒；有人喜欢老波特酒，也有人觉得波特酒是女人喝的酒。烈酒、淡酒、老酒、新酒、女人的酒、男人的酒，无所谓哪一种酒最好，你喜欢喝的就是最好的。

不是所有男人都跟好酒一样，越老风味越好，也不是所有"小鲜肉"都永远长不大，有些"小鲜肉"聪明、成熟、专一。有一种"小鲜肉"，当时光已老时，你两鬓如霜，他明明也不年轻了，可是，在你眼中，他永远年轻，永远都还没长大,也依然青涩,这个"小鲜肉",只能是你儿子吧?

除此以外,所有"小鲜肉"都有不鲜的一天。

以前喜欢一个人可以喜欢很久,从鲜到不鲜,即使他成了"腊肉",你还是爱。"小鲜肉"的赏味期限却愈来愈短,江山代有"鲜肉"出,各领风骚三两年。是我们变了呢,还是"小鲜肉"的本质就是不长久?

梦里可以有很多"小鲜肉",甚至天天换款,生活里又是另一个人。我不歧视"小鲜肉",赏心悦目总是好的,可是,如果我老花了,他戴着墨镜都能看清楚每一个像逗点似的小字,我肯定难过得要死。

我的好朋友说:"怕什么!那就让他帮我看吧。"不管她工作时多么干练,她的心理年龄在20岁之后就没有再长大,她永远比我年轻。我和她两个人吃皮蛋拌豆腐,我爱吃皮蛋,她只挑嫩豆腐吃;生病时,她会调一杯热巧克力喝,而我总爱吃一碗皮蛋瘦肉粥。皮蛋这东西,外国人叫 thousand-year-old eggs,千年老蛋,皮蛋才没有腌上一千年,它只是一只年华老去却风味更佳的鸭蛋而已。吃麻辣火锅,又怎么少得了老豆腐和老油条呢?有些食材,愈新鲜愈好；有些食材，得披上一层风霜。

嫩菜腌菜，各有所爱，吃东西可以胃纳四海，爱情却不可能什么都试试，人总有情有独钟的一类人，你钟意的那一口，是"小鲜肉"还是"红烧肉"？你的爱情到底是什么味道的？咸的苦的酸的甜的？抑或是百味纷呈？无所谓哪一口更好，对胃口的就是好的。

爱情的滋味是很个人化的，它是成长的味道，是记忆的味道，也是生活的滋味，是我们过去的故事造就了我们而今喜欢的东西。为什么不断受伤却还是爱上同一类人？为什么明知道不适合却又情不自禁？你喜欢的，也喜欢你；你是我那一口肉，我也是你那一口酒，那得多大的运气？一旦遇上了就不醉无归吧。反正，无论爱的是哪一口肉，无论有多爱，绮思和欲念总有一天会成为回忆，我们都会老去，早晚会变成风干火腿，那时候，也就无所谓金华火腿、帕玛火腿或者火腿之王伊比利亚火腿，反正都已经是火腿了。

浮生若梦，
爱情是多么苍凉的
期待与渴求

曲终人散，
你是否看出了浮生若梦？
你又是否明白爱情是一生中多么苍凉的期待与渴求？

会去看《玛格丽特》这部法国电影，完全是"对号入座"，电影根据20世纪美国传奇女高音佛罗伦萨·佛斯特·珍金丝的真实故事改编，讲述一个唱歌荒腔走板、没有音感，也没有天赋的女人不但一次又一次公开演出，还成了名的故事。对同样五音不全的我来说，这是个多么励志的故事！有些事情，原来并非不可能；有些东西，上帝没有给你，但你还是可以背着上帝自己去要回来。

故事发生在1921年的法国，巴黎近郊一座美丽的城堡的女主人玛格丽特是个歌剧迷，她酷爱唱歌，却丝毫没有天分，普天之下，只有她听不出自己唱歌走音。可是，由于她家财万贯，身边的人一向顺着她和奉承她，没有人敢告诉她真相。每当她忘情高歌，仆人们都悄悄戴上耳塞，脸带微笑卖力鼓掌。她出手大方，经常捐钱给她所属的一个上流社会的俱乐部，俱乐部的会员也就很乐意出席她在家里举行的那些小型演唱会，更何况每次演唱会总有源源不断供应的好酒和美食。玛格丽特从来只听到掌声而听不到背后的讪笑声，这使她一直相信自己是唱得好的。当然，她知道有时她也会唱得没么好。

玛格丽特已是迟暮，却仍然有着一颗小女孩的心，她唯一的爱好是唱歌。她不世俗，也不造作，她只是需要被珍惜和疼爱，需要相信自己所相信的。她相信音乐，相信美善，相信朋友。她也自始至终相信爱情。

她慷慨仗义、忠诚正直，爱才而又有一副好心肠，她出钱资助一个拥有好歌喉的年轻女孩开演唱会。她幽默风趣，她说："钱不重要，有钱才重要。"她人太好了，只是唱歌不好，这个缺点又算得上什么？就连本来想在她身上捞点好处的评论家也被她的真诚感动，成为她的朋友。

只有玛格丽特的丈夫为她感到羞耻，每次都以车子在路上抛锚为借口错过她在家里的演出。他的车子总在同一个地方、同一棵树下抛锚，那棵枯黄老树而今只剩下秃秃的枝丫，就像他们那段老掉了的婚姻。他早就不爱她了，甚至认为自己从来没有爱过她，爱的只是她的钱。他向情妇抱怨妻子可笑，使他蒙羞，他完全不理解她为什么就不能停止唱歌，她又为什么那么喜欢成为别人的笑料。倒是美丽的情妇内心玲珑剔透，她对他说："她所做的一切都只是为了得到你的关注。"

玛格丽特难道真的笨得没有看出她紧紧攥在手里的这段婚姻早已经变了样吗？她看出来了，但她还是傻傻地抱着希望。她相信自己是幸福的，也一定会幸福。可她那个幸福的世界是用金钱和谎言堆成的幻象，只要哪天上帝的大手轻轻一推，那本来已经危如累卵的幻象瞬间就会坍塌，把她扔回现实的那边，那痛苦的一边。

我们都是玛格丽特，迷失在现实与幻象的平行世界里。有时候活在自己用幻想和谎言建构出来的城堡中，抚琴而歌，唯有明月来相照，却也自得其乐；有时候，我们偏偏又老老实实待在现实的断井颓垣里，告诉自己不要老是做梦，梦是假的，梦是会醒过来的。

玛格丽特的梦并没有做到最后。她在那场盛大的公开演唱会上用错气力唱歌，伤到咽喉，歌还没唱完就吐血倒地。丈夫把她送进医院，她一直没有好起来。主治大夫是个懂音律的人，当然听得出玛格丽特歌唱得好不好。他决定把玛格丽特的歌声录下来播一次给她听,希望她认清现实,不再活在虚无的幻象里,那样对身体不好啊。

征得玛格丽特的丈夫同意之后,这天,大夫和护士搬来一台留声机,准备让玛格丽特亲耳听听自己的歌声。虚弱又欢喜的玛格丽特坐到台上的一把椅子上,满心期待着。她没想到,当她听到自己的歌声时,就好像听到敲响了的丧钟,那为她而鸣的丧钟居然还是走音的。

这颗心从来都没有能力抵挡无情的现实,至此,她发现原来自己一直是别人的笑料,她唱歌竟然是唱成这样的,那些掌声和赞美全都是虚假的。那一刻,她颓然倒下。

回心转意的丈夫赶到医院想要阻止这一切时已经太迟,这一次,他的车子没有在路上抛锚,却赶不及了,就像他的爱回来得太迟,她看不见,也抱不着了。

面对真实的自己,是多么苦涩漫长的路! 我们总是情不自禁走向把我们照得最好看的那一面镜子,我们总喜欢听到自己最想听的那句话。高清年代,当青春散场时,没有了各种美图工具,情何以堪?

可我们为什么就不应该走向把我们照得最好看的那一面镜子?镜子难道不是真实的吗?它又不是一面魔镜。**谁**

都有做梦的权利，既然是好梦，为什么要醒？ 你说个必须醒过来的理由呗！

我想象演唱会结束的那个晚上，玛格丽特头发里别着鲜花，穿着背后装饰着一双羽毛翅膀的华丽歌衫，从歌剧院走出来。她脱掉高跟鞋，款款走进夜色，月如幻，星河灿烂，突然，她回眸一笑。余音回荡，那是她的歌声，如许真实，她终究是听出来了，可这一次她并没有倒下，而是抬起下巴，向这个世界抛出了一个深情的媚眼。唱得好或不好其实有什么关系呢？世人笑我荒腔走板，我笑世人太认真。

人若只留在现实的那边，难道不会失望和气馁吗？一直留在幻象的那边，却也会迷糊。无论留在哪一边都会失衡，于是，我把身体置于这两个世界之间，以此，我了解人生。我的梦、我的幻象是星星、是月亮、是玫瑰，点缀着我的日子，人怎能没有星星、月亮和玫瑰而活？没有了这些，将何以度日？将从何处觅欢愉？

人生是一场华丽的登台，抑或由始至终只是自个儿对酒当歌？落幕之前，你是别人的观众，还是自己的观众？是庄子梦见蝴蝶还是蝴蝶梦见庄子？凡所有相，不都是虚妄的吗？夜深了，玛格丽特孤零零走在歌剧院外面寂静的长街上，几只蝴蝶拍着斑斓的翅膀在她头顶翻飞，她看不见。她曾经渴望的被关注到死的那一刻终于如愿得到，那个她一直爱着的男人就跪在她脚边，可她已经够不着了。曲终人散，你是否看出了浮生若梦？你又是否明白爱情是一生中多么苍凉的期待与渴求？

Chapter 5

做一个可爱
而精彩的女人

每天进步多一些吧，

学会珍惜，学会包容，

学会谅解和迁就。

不要总是做自己，

也要做一个可爱而精彩的女人。

做一个可爱
而精彩的女人

你愈可爱和精彩,你也就愈鲜活。
你要变聪明些,再聪明些,做个有意思的女人。
为自己保鲜,也就是为爱情保鲜。

据说，一群人类学家拿两只猴子做过以下实验：

他们把素未谋面的一只成年雄猴和一只成年雌猴关在一个偌大的笼子里，一开始，雄猴爱死雌猴了，天天拉着雌猴鱼水之欢，两只恩爱的猴子从早到晚黏在一块，谁也离不开谁。

可是，日子一长，雄猴对雌猴渐渐热情不再，情愿自个儿玩，自个儿睡懒觉，自个儿看着笼子外面有趣的人类。被冷落的雌猴挺寂寞的，看样子离抑郁不远了。

这时，工作人员把雌猴从笼子里拿出来，帮它洗了个香喷喷的澡，把它身上的猴毛吹干，梳顺，给它穿上粉红色的文胸和一条同色的小短裙，又在它头上绑了只大大的可爱的蝴蝶结，然后把它放回笼子里去。

雄猴看到焕然一新的雌猴，眼睛一亮，又像以前那样，成天黏着雌猴，时时刻刻拉着雌猴亲热，就连饲养员扔到笼里的香蕉，雄猴也非常大方地先让给雌猴吃。

然而，日子久了，雄猴又一次对雌猴失去了热情，两只猴子甚至打起架来。

这时，工作人员再一次把雌猴拿出来，从头到脚打扮一番，然后放回笼子里去。雄猴看到变美了的雌猴，又重新燃起了激情。

于是，每当雄猴的热情冷却，工作人员就把雌猴拿出来好好装扮一下，改头换面，然后再放回去。

猴生若只如初见，说的也是人生若只如初见。那时你什么都好，即使长得像猴子，在对方眼里，你依然是个美人。

人生若只如初见，即使你只是为他做一件很小的事情，他也会感动。他看你的眼神，总带着微笑……那时候，他又怎会跟你吵？你又怎会吼他呢？

人生若只如初见，他柔情似水，你也笑靥如花，两个人都是好人。可惜，人生并不是只如初见。

我们太了解爱情短命的本质了，总想知道怎样去保鲜，怎样可以宛若初见时。

可是，谁又能为爱情保鲜呢？假如它终将腐坏，我们能做的终究有限。现实生活里,你能天天变装吗?

每一样食物都有最佳的食用期限,就连罐头和腐乳也不例外,过了这个日子就不能吃,或者能吃,但味道没那么好了。曾经新鲜的食物,我们才担心会腐坏。爱情明明不是拿来吃的,我们却害怕它有一天会变味,变得没那么"好吃",甚至不能"吃"了。

我们渴望能够把爱情一直"吃"到最后,岁月却总是悄悄地啃掉我们牢牢握在手里的那份爱情。

在人类学家的这个实验里,雄猴是花心的,是爱新鲜的,也是容易厌倦的,可是,在人类世界里,男人和女人不都一样吗?光说男人花心和易变,也是不公平的。当你跟一个男人待的日子久了,你或许就会怠惰,你再也不会花心思为他好好打扮,你心里想:"他已经见过我最糟糕的样子了。"

爱是接纳对方最糟糕的样子,然而,爱也是期待看到对方最美好的一面。

时间多么可爱也多么可恨?它把爱情变成亲情,我们虽没有血缘却像亲人一样,谁也离不开谁;可惜,时间也会把爱情变得淡薄,我们谁也可以没有谁,不爱了,转身离去，故人都成陌路，人生又是新的一页。

如何可以留住你，留住爱情？

世上有没有不变的爱？是没有的吧？

曾经爱一个人爱到死去活来，终于可以在一起，却败给了岁月。

我们都在跟时间角力，拼命不让它啃掉我们用保鲜膜小心裹住的爱情。每个人保鲜的方法不一样，但都离不开外在美和内在美，大部分女人想的是怎样变美，然而，雌猴不是一直在变美吗？相处的日子一长，在雄猴眼中还不是一样？长得漂亮些难道就不会失恋吗？过了一个岁数，你还能一直变美吗？

何况，无论你有多好，无论你有多美，还是会失恋，还是会有人不爱你。

我们不都渐渐变旧和变老吗？谁又可以历久而弥新？如果爱情终将消逝，你只要活好每一刻就无憾了。

每天进步多一些吧，学会珍惜，学会包容，学会谅解和迁就。不要总是做自己，也要做一个可爱而精彩的女人。

你愈可爱和精彩，你也就愈鲜活。

你要变聪明些，再聪明些，做个有意思的女人。为自己保鲜，也就是为爱情保鲜。

假如你努力了，却留不住这段爱情，它终究被岁月一点一点地啃掉了，那么，你至少也是鲜活的，可以遇到一个更好的人，就像雌猴在变美的过程中知道自己可以变得更好和更美。

既然看出了爱情短命的本质，那就别去理它，别再去想了，会走的留不住，努力去取悦对方，不如努力变好。那个爱你的人会惊叹你是个多么神奇的女人，惊叹你一直都在进步。然后，你微笑看向他，告诉他，是你和他的爱情使你知道你要变好。

无论是为了自己，为了他，抑或是为了心中的爱情，你永远都要进步。唯其如此，你才会永远鲜活。你不会永远如初，但你可以比初见时优秀。

人生若只如初见，星光烂漫，又怎会暗淡呢？天渐渐黑了，总是后来的事。然而，天黑之后，会迎来晨光。谁说爱情中没有低谷和失望？爱情中哪儿会没有眼泪呢？当我努力变好时，我知道你也会努力。我是那么渴望和你一起跨越时间的茫茫大海，有一天，时光会老掉我和你的眼睛，却老不掉我们眼里深深的情意。

没有了谁，天都不会塌下来

就算天塌下来，我也会找到另一片天空好好活下去。

你离开的那天，我独自喝了一瓶 Dom Perignon（唐·培里侬香槟王），这么贵的香槟，你从来舍不得让我喝。

你离开的那天，我一口气买了六双鞋子，要不是我稍微节制，说不定会买得更多。和你在一起的日子，你总说我太爱买鞋子，你非常怀疑我上辈子是蜈蚣，你说家里已经没有地方放我的鞋子了，可每次买鞋子都是我自己掏腰包的啊。

假若上辈子的我真的是蜈蚣，那我多出息啊！六道轮回，得几生几世的善业和福报，我这辈子才会轮回做人？你的好和你的坏，都是我的因果，无论以后有没有你，我都得好好做人。

你离开的那天，除了鞋子，我也买了一堆新衣，我不知道这些衣服以后会不会穿，抑或大多数时候只是放在衣柜里，可我就是想买，以前你常常抱怨我太爱花钱，我买了衣服只好对你撒谎，把价钱故意说便宜些。你太笨了，好东西哪儿有这么便宜？

你离开的那天，我把长发剪掉，烫了一头鬈发。眼影、口红、腮红、香水和洗发水，我也买了新的，我想为自己换一种气味。

你离开的那天，我一个人去看了一场电影，是你不爱看的文艺片。我太没出息了，一边看一边哭得稀里哗啦，那部电影明明就不伤感。

你离开的那天，我买了一张单程机票，搭上飞机，跑到一个遥远而美丽的城市，那个我跟你说过想去而一直没去的城市。隔了几千公里的距离，爱情的伤痛也许就比较可以忍受。

也是在你离开的这天，我把关于你的一切通通扔到床底下去了。

有的女孩在她爱的那个男人离开之后心都碎了，活得不像个人，可我想换个活法。也许，不是这一天，而是在你离开许多天以后，每次想起你，我才会哭得一塌糊涂，我终究是如此爱过你。

当你爱的那个人执意要走，不再爱你时，你是否也做得到这般洒脱？"你离开的那天，我并没有挂掉……"即便做不到，有时可以这么想象一下也是好的，至少我知道，没有了谁，天都不会塌下来。就算天塌下来，我也会找到另一片天空好好活下去。

凡所际遇，岂会是偶然？

对与错，好与坏，都是际遇，那你就接受吧，然后学着明白这一切的意义。谁走进你的生命，谁离开你，谁曾爱你，谁恨你，谁牵挂着你，谁对你好，这一切都是生命的礼物。

一生中，欢笑和泪水总是轮番上场，笑的时候，你知道也会有哭的一天；哭的时候，你也该想到，总有一天，你不会再哭。

为什么有时候我们喜欢悲剧的结局？因为它更接近人生和命运。生命中所有伤痛的存在都是为了使你变好，假使你所受的痛苦没有使你变得更优秀、更坚韧，也更柔软，这些痛苦就毫无意义了。

假如命中注定遇见一个对的人和一个错的人，那我希望首先到来的是那个错的人。那个错的人，是我的磨难，却也是我的磨炼。浴火凤凰，我终于遇到那个对的人，之后，我学会了珍惜。

然后我明白，那时没遇到那个对的人，是因为我还不够好。那时的我，那时的你，即使相遇，也不会相爱，只能擦肩而过，把缘分耗尽。幸好，后来才遇到你。

每个人都会渐渐习惯生命中的聚散离合，然后就不那么执着了。失去的时候，当然还是会悲伤、难过和不舍，却也知道，有的人，没有也可以；有的爱，终归会变。

如果不幸福，那不是因为你爱的那个人不再爱你，而是因为那个人离开以后你再也不知道怎样爱自己。

我不感恩那些伤害我的人，我不感恩那些背叛与辜负，但我感恩这一切使我学会爱，给我智慧，使我活得更宽容和漂亮，我也感恩所有的挫败和伤痛，这让我成为一个更好的人，看出了终极的幸福一直在自己手里，却往往要走过漫长迂回的路才明白。

当学会感恩时，你也就学会珍惜，珍惜自己，珍惜爱你的人。**我若变得有多好，从来不是只来自我一个人，也来自我爱过、恨过的人，来自我所有的际遇。**

过好
一个人的日子

唯有过好一个人的日子，
才可以过好两个人的日子；
然而，当过好一个人的日子时，
你也就不容易接受一个不够好的人。

假如此刻有人问你:"那一年的情人节你是怎么过的?"你想起的会是哪一年?那年那天,你跟谁一起过?是单着还是双着?是笑还是哭?

只有当你正在热恋时,情人节才会特别有意思吧?两个人相爱,每天都是情人节。形单影只,情人节只是徒添伤感。要是你刚刚失恋,情人节这一天,你只想把周围那些成双成对的人一个个干掉,为这个社会除害。

我过的情人节够多了,多得我都想不起哪一年的情人节最甜蜜或者最寂寞,日子漫长,到头来,都不过是似水流年。你曾经那么在乎他这一天在不在你身边,会不会陪你一起过,后来的后来,你都无所谓了。

何必苦苦抓住这一天呢?

我那个许多年没谈过恋爱的好朋友前几天跟我说,她已经完全忘记了恋爱的感觉。我听着不无感伤，我是多么希望她幸福，希望有个人照顾她，可她倒是十分豁达，也许真的是习惯了。

都说爱情是一种习惯，后来才明白，一个人过日子，也是一种习惯。

我想起青春年少的时候，我和她有个共同的朋友很爱研究命理，他常常拿着我俩的命盘为我们算命，他说我命里桃花很多，逗得我不知多么高兴，天天盼着我的桃花大驾光临。我的好朋友那时刚失恋，他看了又看她的命盘，说她这辈子的桃花已经用完，将会孤独终老。她听完如遭晴天霹雳，哭了又哭，每次想起也还是很伤心。幸好那时年轻，算命的事很快就忘了。

那么多年过去，我很少去算命，可而今想起来，那个爱研究命理的朋友的确是个世外高人，只是，他话也说得太尽了，伤了一个女孩的心。

桃花真的会用完吗？抑或有些根本从未开花？人面桃花，桃花指的应该是所有美好的东西吧？命里的桃花，难道不可以自己送自己吗？就像自己什么时候都可以送一束玫瑰给自己。巴黎街头一年四季常常看到的一幕熟悉的风景，就是一个女子一只手拿着花，另一只手拿着一条热烘烘的法国长棍面包，轻快地走在路上。

假如这天刚好是情人节，这些拿着花和面包的巴黎女子会不会停留在路过的一家内衣店外面，被橱窗里那些艳红的、黑的、紫罗兰色的蕾丝内衣吸引着，走进去买一套性感的内衣给自己？又或者，她们会不会在路过一家小酒铺时给自己买一瓶冰冻的粉红香槟？

桃花依旧，日子却可以过得不一样。即使单身，也可以艳如桃李，带着微笑，或者微醺，等待爱情，或者等待最美好的自己。

没有爱情我们到底能不能活得很潇洒？人往往因为爱情而活得很不潇洒。有爱情的时候，不潇洒就不潇洒吧，人生的一切，不都是等价交换吗？没有爱情的时候，就好好享受那些潇洒和自由的日子吧。

可是，单身的情人节，你也许还是会禁不住在心里问自己，那个对的人什么时候才会出现？真的会出现吗？

说要等对的人的时候，自己可能也不知道怎样的人才是对的人，只有当那个人出现时，你才会知道，他应该就是那个对的人，他在你生命里出现，是为了让你圆满，也

让你完善自己。你爱过的那些错的人,虽不让你圆满,却也完善了你;他们是你的磨难,却也是你的磨炼。

这一生,你遇到的磨难都是磨炼,你长大就好,你变强大就好。幸福是遇到对的人,幸福也是成为对的人。对的你,就是最优秀的你。

我们早知道不是每一段爱情都有圆满的结局,可我们还是会期待爱情,就像你知道花会开,花也会落,但你下一次还是会买花。有些人离开,是因为时间到了;有些人还没出现,是因为时间还没到。

聚散有时,哀乐有时,在孤单与等待的漫长日子里,学会过自己的生活吧。为了那个将会遇到的人,你要把自己养得更可爱。

当你变可爱时,谁都想爱你。当你足够幸运时,一生里双着的时候总会比单着的时候多。

一个人是单着的时候任性些,还是有人爱着的时候任性些?都说被人宠着爱着的时候可以任性,可是,若你习惯了一个人,喜欢去哪里都可以,喜欢做什么都可以,不必时时刻刻考虑和迁就身边的人的时候,虽然孤单,却也许更任性。

任性有时多么像撒娇？被爱的任性，是对那个爱我的人撒娇；孤单的任性，不过就是我对自己撒娇。

对自己撒娇，从来不会肉麻，反倒是一种境界，你可以说，你选择孤单、选择放逐，都是在跟自己撒娇。当你懂得爱自己时，你就永远不会失恋。

只要不在乎什么节日，人生就可以过得轻松很多。节日的时候，你总想跟别人过得一样，又想跟别人过得不一样，是这样的矛盾和渴求变成你的苦恼。

无论你信仰什么，于此漫漫苍穹，我们想要的，常常是一种依归，我们都想在节日里团聚和寻找温暖。依归在哪儿？温暖又在哪儿？在彼岸还是在心里？我们向往温暖，是否因为活在世上难免孤单？

可笑的是，人往往在节日里最容易感到孤单。

我们向往轰轰烈烈而害怕平淡，可是，谁受得住天天轰轰烈烈？天天轰轰烈烈，没多久应该就会累死了。只有平淡最真。我们需要的也许只是小小的轰烈、小小的任性、小小的浪漫和长久的温暖。

有个人形影相伴当然是幸福的，没有的话，那就暂时跟自己做伴吧，只要有面包和鲜花就好，只要买得起蕾丝内衣和粉红香槟就好。

唯有过好一个人的日子，才可以过好两个人的日子；然而，当过好一个人的日子时，你也就不容易接受一个不够好的人。 我一个人活得好好的，你又何必来打扰我？你既然打扰了我，你就得对我非常好，你必须是陪我一路走到底的那个人。

你必须是。

爱情，不需要将就

没有爱情，
我们还是可以活得好好的，
人生还是可以拥有别的爱。

这些年，你有没有曾经想过对身边那个人说"我爱你，到此为止"？

可你终究还是没有把话说出口。

为什么没说？也许是不忍心，也许是舍不得，也许还爱他，只是有时觉得累了，累得不想再爱任何人，再也没有力气去爱人，再也不相信爱情了。

你在心里跟自己说："为什么要去爱人呢？太辛苦了，从今以后，让别人来爱我，来哄我好了。"

有一刻，只觉得不爱你了，你都不爱我，你对我一点都不好，那我干吗要跟你在一起呢？我自个儿挺好的，我一个人也可以过日子。可是，下一刻，突然又觉得我还是爱你的，你对我还是挺好的，我的生活里怎么可以没有你？

所有的爱情不都是如此吗？走过高山与低谷，走过黑夜与白昼，颠簸了一回又一回，磕磕绊绊，才终于来到一条幽静的林间小路，那里有最蓝的一片天空和最会唱歌的小鸟，这条路，是可以一直走到老的。直到一天，繁花落尽，飞鸟不再鸣啭，我们只有彼此了。

多少人走不过去？你走你的青草地，我走我的河堤边，从此就是不一样的人生。

不爱了，只是路不同。

我穿了高跟鞋，而你穿的是平底鞋，你走得比我快，可你不愿意等我，那就算了吧，有一天，我会为另一个人脱掉这双鞋子裸着脚奔跑，而他不会嫌我慢，他总会带着微笑在那里等我。

有些东西，从来都不是必需品，一双红色的高跟鞋、一束盛开的玫瑰、一块铺上鲜花的蛋糕、一瓶闻起来像雨后皮肤的气味的香水、一片星空、一首老歌、一本喜欢的小说……这一切，没有也可以，它们提升了生活的质感，虽微小而轻盈，却也是生命的厚度。

爱情当然也不是必需品，没有爱情，我们还是可以活得好好的，人生还是可以拥有别的爱。多少人曾经哭喊着没有爱情就活不下去了，但他们后来活得比谁都好。

只是，没有了爱情的厚度，人生也好像有点单薄。冬天的夜晚，起风了，你一个人走在路上，只能自个儿翻起衣领哆嗦，身边没有一个人拉着你的手陪你走。

爱情既然不是必需品，那就不必将就。

要是你不能使我幸福，那我为什么要爱你？即使和你在一起是痛苦的，我也要在痛苦里看到希望；要是没有希望，那痛苦至少也应该是深沉的。

同样，要是爱我不能使你幸福，你也不必爱我，更不必将就，你的将就只会阻碍我的幸福。

爱是美丽的，当你爱上一个人的时候，满天星星都为你闪亮；当你孤单的时候，星河寂寂。我们寻觅，我们等待，我们微笑哭泣，醉后跌倒，只为了遇见幸福。

将就哪儿会有幸福呢？

从来没打算将就，然后有一天，你遇到一个人，原来，真的不需要将就。这就是爱情应该有的样子吧？

它是生命的厚度，它也是活着的质感。

爱谁都不自由，爱谁都难免会有失望的时刻，也会有疲累的时候，但是，有一天，你还是会爱上一个人，他不需要你将就，你也心甘情愿为他舍弃自由。在失望和疲累的时候,你看出了人生本来就有高山与低谷,一路上所有的颠簸都是为了走向那片最蓝的天空和那一群最会唱歌的小鸟。

在那最后的幽静的林间小路上,有两个长相依伴的人,你们是彼此生命的厚度。

真正的爱是
从肉体到灵魂深处

是找个人搭伙过日子还是找个爱的人终老?

都可以吧。

就看你怎么演绎灵魂和生活。

女人问男人:"你是爱我的灵魂还是爱我的身体?"

"唉,当然是你的身体。"他逗她说。

"只爱我的身体,那就是不爱我喽?"

"不是不是,我当然是爱你的灵魂!"

"你不喜欢我的身体吗?是不是嫌我胸太小?"

"呃,你的身体和灵魂,我两样都爱。"

"你到底是爱我哪一样多一点?"

这些闹着玩的傻问题,无论如何也不会有令人满意的答案吧?

艾伦·狄波顿的自传体小说《我谈的那场恋爱》[1]里,男

---

[1] 简体中文版书名为《爱情笔记》,作者译名为阿兰·德波顿。

主角第一眼看到女主角珂萝叶就爱上了她。为什么会爱上她？他没描述她怎么好，也没说她有多美，而只说："她有灵魂。"

那就是说她身上有些东西是属于内在的，超越了外表，迷倒了他。可是，身为哲学家的狄波顿竟然没有雄辩滔滔，解释什么是灵魂。每个人对灵魂的理解大抵都有些出入，你拥有什么样的灵魂，你就怎么理解灵魂。

我们看人不都是先看外表吗？第一眼看上一个人，明明是外貌，却好像穿过外表看到了灵魂，灵魂哪儿有这么容易看到？可是，若我无法爱上外在的你，又怎会想要探究你内在的灵魂？你的灵魂当然会为你的肉体加分，就像艾伦·狄波顿，三十岁不到就谢顶，长得也不帅，但他才华横溢，看他的书，你会爱上他。才华是内在的，是更接近灵魂的东西。

什么是灵魂？我们说的也许是精神契合。喜欢一个人，往往从肉体开始，然后才爱上其灵魂，若我也爱你的灵魂，就能够持续爱你的肉体。爱情早晚是要超越肉体的。肉体怎能永恒呢？唯有爱能够走远些。

有一年五月底，在广西南宁跟一群大学生聊天，我问他们一个问题："灵魂伴侣和生活伴侣，要是只能二选其一，你们会选哪一个？"

那天晚上，台下坐满了几百个学生，结果大部分人都选了灵魂伴侣。

那一刻，我心里想："到底是年轻啊。"

年轻多好啊，离生活还远呢。

一天，当他们离开校园以后，他们多爱几个人，多心碎几次，多受一些情伤，没那么年轻了，他们的答案还会跟当天一样吗？抑或，他们最后会选择一个生活伴侣？

要是一个人情窦初开就宁可找个生活伴侣而不是灵魂伴侣，那才奇怪呢，说不定是早老症。年少的时候，爱的当然是那个和你精神契合、志趣相投的人，你和他有说不完的话题。你爱的，他也爱；你喜欢的，他也喜欢；你讨厌的，他也讨厌；你不以为然的，他也不以为然。谁会爱上一个话不投机的人？一想到生活伴侣，就认为那个人是你不爱的人，你是为了生活才跟他在一起。

你讨厌的，我也讨厌，你喜欢的，我也喜欢，那会不会是因为我们正在热恋？又会不会是我们其中一个比较没主见？人有时连自己的灵魂都不了解，又何曾认识对方的灵魂？何况，我们往往通过肉体去爱一个灵魂。假使我无法爱上你的肉体，你的灵魂有多美也跟我无关了。

既然灵魂那么好，灵魂相知的两个人为什么最后还是会分开？灵魂不易，生活更难。那个你崇拜的大作家或音乐家最后娶的是一个照顾他生活的女人，而不是一个同样才情横溢的女子。可是，也有许多女人在照顾一个她深深仰慕的灵魂伴侣之后就彻底受不了他，除了打扫自己的灵魂之外，他好像什么都不会。

生活伴侣就是你不爱的人吗？也不见得。不爱又怎么可能和你过生活？

这么多年后，回头再读米兰·昆德拉的《生命中不能承受之轻》，就更明白灵魂伴侣和生活伴侣。托马斯跟萨宾娜和特蕾莎都是从肉欲开始的，却只有萨宾娜是他的灵魂伴侣。他们是同类，两个人相知也相惜，多年以后还是老朋友，却从没想过在一起。特蕾莎从来不像萨宾娜那么了解托马斯，她幼稚些、执着些，也天真些，却是他的生活伴侣。托马斯一生睡过无数女人，婚后风流不改，却唯有特蕾莎，睡过之后，他把她留下，和她结婚，生儿育女，跟她终老。

小说的世界终究浪漫些。当你不再年少时，现实里的灵魂伴侣指的也许是你苦恋而无法生活在一起的那个人，甚至是不伦之恋。但凡得不到的，都是灵魂伴侣。这时的灵魂伴侣竟然也离不开肉欲。

真正的灵魂伴侣是什么？他也许是对你影响最深的一个人，是那个改变你，把你变好的人，他了解你最龌龊的过去和最幽暗的内心，你也了解他。可是，他不见得能够留在你的生活里。

若你选了一个生活伴侣，你有时也许会想："要是当时选的是灵魂伴侣，现在的人生也许会幸福一些。"若你选了一个灵魂伴侣，你却也许会想："要是当时选的是生活伴侣，现在的人生也许会幸福一些。"人总是过着一种日子，却又幻想另一种日子。

到头来，是找个人搭伙过日子还是找个爱的人终老？都可以吧。就看你怎么演绎灵魂和生活。

有的人认为只有和爱的人在一起的日子才算是过日子；有的人无论和谁在一起都要过自己喜欢的日子。你的日子怎么过，你的灵魂就怎么过。最后能够走在一起的，不都是生活伴侣吗？

灵魂伴侣就好像是一个掉落地球的外星人于茫茫人海中遇到另一个同样掉落地球的外星人，他们是同类，他们了解彼此，不言不语也能够明白彼此，可这一生，他们终究还是各自跟一个地球人一起过生活。

爱一个不爱你的好人,是对还是错?

假如可以相爱,
谁又愿意单相思和暗恋?
不过是无可奈何,
自讨苦吃而已。

他对你好,是因为他是个好人,而不是因为他爱你,这样的爱情,你接受吗?有人接受,有人不接受,那得看你有多爱他,是否爱到只要能够和他在一起就好,又是否爱到不计较。

一个女人等了一个男人22年,终于得到一场婚礼。她身边那个单身的好朋友满怀希望地跟我说:"原来是可以等到的啊,看来有天我也会等到。"他不爱她,可是,她是个好女孩,一直无怨无悔地等他,不要求什么,也不索取什么。

22年过去,他老了,没得到他所追求的那种爱情,这个女孩也老了,不可能找到一个条件比他好的男人,他觉得亏欠了她,他对爱情也再没有什么憧憬了,那不如结婚吧,就像一个孤单绝望的士兵咬咬牙举手投降,早投降早回家算了。他是个好人,给了她一场梦寐以求的婚礼,迁就她，宠着她，钱随便她花，她想要什么都给她，完全没有让她有一丁点委屈的感觉，朋友们都羡慕她嫁给了爱情。

她心里知道他不爱她，他曾经有很爱的人，但她才不管呢，只要他终于属于她就可以了。她是微笑到最后的那个人，她是坚持就幸福的那个人，她是他太太，她有漫长的余生让他爱上她。男人要爱上一个女人，从来都比女人要爱上一个男人容易些。

这两个人是否从此以后幸福地生活？我想是吧，反正他们都不年轻了，余生也不会太长，不像年轻人的婚姻，需要太多的磨合，也有太多的自我和诱惑。

爱一个好人，而他不爱你，到底是对还是错？假如可以相爱，谁又愿意单相思和暗恋？不过是无可奈何，自讨苦吃而已。单相思和暗恋，多像一次又一次的扑空？早已经伤痕累累，还是情不自禁微笑着奋力扑过去，希望这一次终于不会扑空。想要不扑空，那么，爱上一个好人总比爱上一个坏人聪明些，一个坏人不会怜惜你的痴心，好人却会。

可是，谁可以控制自己爱上什么人呢？有些痴心，从来没有理由。也许唯一的理由就是你分明想自毁。

要爱一个好人还是爱一个爱你的人？当然是爱一个爱

你的好人，退一步，就爱一个好人，和他过日子吧。有的人，一生也遇不到所谓最爱的那个人，也遇不到一段刻骨铭心的爱情，那又有什么关系呢？并不是每个人的生命都得像烟花般灿烂。

幸福有时很简单，你爱的人也爱你；幸福有时却很复杂，你爱的人没有你期望的那么爱你，可你还是深深地爱着他。想方设法不爱他，可就是没办法。什么时候他才会像你爱他那样爱你？如果不会，那就算了，在一起就好。假使相爱是100%的幸福，单恋只有50%的幸福，那么，在一起至少是75%的幸福吧？嫁给他，直到余生的尽头，说不定还能够1%又1%地加上去，终于拿到100%的幸福，或者90%，余下的10%，就留给遗憾吧。

人生一切的努力，
就是为了
尽量减少缺憾

没有一个人是完美的，
也没有完美的婚姻。
我们苦苦追求完美，
到头来才发现人生充满了缺憾。

福楼拜的小说《包法利夫人》里，美丽的农村姑娘爱玛怀着对爱情和婚姻的憧憬嫁给了乡村医生包法利，婚后的生活却未尽如人意，和她想象的相差太远了。乡间生活枯燥乏味，丈夫平庸软弱，这并不是她想要的日子，她才不要这些。她禁不住嗟叹："当初为什么要结婚呢？"

少女时代在修道院里所接受的贵族教育并没有使爱玛变得清心寡欲，反使她更向往轰轰烈烈的爱情，那颗曾被压抑的心梦想着有一天要不顾一切奔赴爱情，就像一个小女孩抬头看到一盏华丽的水晶吊灯，总想着有一天要和自己心爱的男人在灯下久久地跳一支舞，一直跳到曲终人散。可她的爱情从来都是空中楼阁，一遇到现实就破灭了。

王尔德不是有句名言吗？男人结婚是因为累了，女人结婚是因为好奇，结果大家都失望。爱玛和包法利医生，一个嫁给幻想，一个娶了虚荣，结果大家都成了悲剧人物。

对婚姻失望的爱玛终于踏上了不归路。她先是跟花花公子罗多尔夫偷情，可这个情场老手一心只想玩弄她，一发现她竟然那么痴心就吓坏了，狠狠把她甩掉。

爱玛好不容易从伤痛中站起来，却再也无法安安分分回到她那段沉闷的婚姻里了。她爱上比她年轻的小律师莱昂，以为这个男人不会再辜负她。可这一次她又错了，莱昂不过是个自私而怯懦的小白脸，他享用着她的身体，心底里却瞧不起这个背叛婚姻的女人。

爱玛一次又一次奋不顾身地扑向爱情，却一次又一次扑空了。她苦苦追寻爱情而终究失望，那些甜蜜的梦想，那些幸福的温存，一切，都随着爱情的消逝而幻灭，她颓然倒在自己一手建构起来的幻象里，在没有希望的一刻，她用砒霜亲手终结自己。

爱玛没有嫁给爱情，也没有嫁给婚姻，她嫁给了幻想。她没有败给婚姻，而是败给自己浪漫的天性，败给虚荣和欲望。追求爱情也是虚荣的，终将尝到幻灭的痛苦。

比起爱玛，《安娜·卡列尼娜》里的安娜是幸福的，渥伦斯基是真的爱她。可是，这段爱情是安娜用婚姻、名誉、贞节和年幼的儿子换回来的，只要激情稍微减退，只要有些许失望的时刻，她就怀疑渥伦斯基的爱，也不免怀疑自己的选择。安娜的结局最后还是跟爱玛一样，安娜躺在火车车轨上，听着那轰轰的车声，亲手终结了自己。

爱玛和安娜的悲剧，也是那个时代的悲剧。那时候的女人能有多少选择？爱玛因为生了一个女儿而失望，她一直想要一个男孩，因为男人是自由的。

我们离那个时代远了，男人和女人，彼此都是自由的。要不要相信爱情？又要不要相信婚姻？万转千回，到头来，是你要不要相信一个人，你要不要相信自己。

爱情是一个人的武林还是两个人的江湖？是孤独的追寻还是总会遇到那个愿意守候你十六年，甚至一辈子的人？你是否相信儿女情长、神仙美眷？那就像你是否相信有绝世武功。绝世武功是有的，只是，最后能够练成的人不多。

爱情把你带到梦想里，婚姻却又把你扔回现实里去。情何以堪啊！把婚姻带进爱情，或者把爱情带进婚姻，是多么不容易！一颗经得起诱惑的安定的心，得经过多少年的历练，得有多么强大的爱与意志？

常常有女孩子问我，婚后才遇到最爱的人怎么办？当你提出这个问题时，你真的不该现在去结婚，或者嫁给你现在准备要嫁的那个人。没有一个人是完美的，也没有完美的婚姻。我们苦苦追求完美，到头来才发现人生充满了缺憾。人生一切的努力，不过就是为了尽量减少缺憾。

有时我们想倚靠爱情，有时却又知道想倚靠爱情的这颗心多么柔软、脆弱和荒凉，也多么危险。于是我们想倚靠婚姻，以为一纸婚书应该比爱情可靠，可是，有那么一刻，婚姻让我们更失望了。

要倚靠自己吗？连自己都是不可靠的，我们总是被自己的欲望主宰，想要的太多了。人有欲求就苦，要待到何时何日，此身此心才能够安坐浮世之舟，静听一夜细雨，看云聚云散、人脸桃花，看出一切都是虚空妄想，都把握不住，凡有欲求都是可怜的。

为什么你不结婚？

我只能说，婚姻的门槛太高了，我不想对自己失望，也不想对别人失望。

Chapter 6

当我足够好的时候，
我就不爱你了

与其卑微地乞求一个男人的爱，

不如自个儿活得好。

当我足够好的时候，我就不爱你了；

我也不爱一个不爱我的人。

当我足够好的时候,我就不爱你了

假使我有那么好,我为什么要爱你?
我没那么好的时候,你都没看上我,
等我变好了,我才不稀罕你。

当你爱一个人,而他不爱你的时候,你也许会想:"如果我变美一点、出色一点,他是不是就会爱我?"

可是,如果你变美一点、出色一点,你可能根本不会爱他。

假使我有那么好,我为什么要爱你?我没那么好的时候,你都没看上我,等我变好了,我才不稀罕你。

有一个女孩子,曾经深深地爱着一个男人,可他不爱她,他只是一次又一次占她便宜。他知道无论他要她做什么,她都会为他做;他知道,即使半夜三点钟,外面刮着冷飕飕的风,他想找个人陪,只要一通电话,她就会马上飞奔到他身边,帮他暖床,任他摆布。她是可以呼之则来,挥之则去的。他爱的,是那些比她时髦、漂亮和聪慧的女人。

那时年轻,她以为自己永远都比不上他爱的那些女人,在他面前，她只是一只卑微的丑小鸭，时刻乞求他的爱。有时候，他对她还是不错的，会陪她吃顿饭，会开车送她回家。当他需要她的时候，他对她还是挺温柔的，两个人在床上温存的那些时刻，她甚至相信，他也是爱她的，就像她爱他一样。

谁会跟一个不爱的人睡啊？她终究太年轻，涉世未深，太不了解男人。他不见得是个坏人，可是，他并没有她以为的那么好。他有多坏？大概也不算很坏吧？他只是不拒绝一个自动滚过来又自动滚回去的女人，他只是任意挥霍一个可怜女子对他的一往情深。

谁要你爱我呢？我都没要你的爱，是你自愿的。

你做了那么多，对方只说："都是你自愿的。"那一刻，你才发现自己所有的付出都被辜负了。

被爱的女人在那个爱她的男人面前可以任性，可以闹情绪，可她在他面前从来不敢。当她需要他的时候，他从来不在她身边，即使她所有的陪伴都是免费的，他也从来不会送她一件小礼物，倒是她一直送他礼物。

那年圣诞，她一个人去纽约探望住在那边的旧同学，两个人在百货公司买圣诞礼物时，她看到一个很漂亮的风景玻璃球。她蹲下来,眼睛定定地看着那个玻璃球,她好喜欢玻璃球里的雪人和漫天飞舞的雪花,觉得他也会喜欢。她心里想,要是他愿意放在床边,那多好啊。

"卖得好贵啊。"旧同学提醒她。

可她就是想送他这份礼物。

那个玻璃球比普通的玻璃球大很多,沉甸甸的,又容易打碎,她不敢托运。挤在小小的经济舱的座位里,她一直把玻璃球放在大腿上,十几个小时的航行,下机时,她两条腿都麻了。

然而,当她把礼物送他的时候,他竟连看都不看一眼,只说,他从来都不喜欢玻璃球。

她不知道是时差倒不过来,人崩溃了,还是终于心碎了,她第一次对他发脾气,也是最后一次。

许多年过去,她长大了,蜕变了,她变美了,变得比以前好,她有自己的事业,有钱,也有爱她的人,这个人宠她、疼她、迁就她,而且比她曾经一厢情愿爱着的那个男人优秀得多。

原来,她不是丑小鸭,她配得上一个更好的男人。当她需要他的时候,他总是在她身边,当外面刮着冷飕飕的风时，他会提醒她多穿衣服。寒冷的冬夜，当她两只脚丫冻僵了的时候，他会帮她焐脚。她送他的每一样东西，他都会珍惜。

百转千回，每个人想要的，不过就是珍惜吧？

那年在纽约买的风景玻璃球一直放在她家里，她始终喜欢这个玻璃球，有时候，她会定定地望着它，回想那时的自己。到头来，她当时掏空口袋里的钱买的这个玻璃球一点也不贵，它是她的救赎，她在玻璃球里看出一厢情愿的爱终归没有未来。

她那时为什么苦苦地爱着那个不爱她的人？是太年轻了还是太没自信？那就是青春吧，青春有多蠢，她就有多蠢。

他是她年少无知所犯的最愚蠢的错误。

那时候，她常常苦涩地想，她要有多好，才配得上他的爱？她要有多优秀，他才会爱上她？

这么想有多傻啊？与其卑微地乞求一个男人的爱，不如自个儿活得好。当我足够好的时候，我就不爱你了；我也不爱一个不爱我的人。

过了冬天，
我就不爱你啦

你有多好，我已经说不出来，
你有多坏，我是知道的，日子有限，
青春的季节所剩不多，
我只想以后好好做人，好好做一个幸福的女人。

你问：“人为什么在夜晚变得格外脆弱？”

因为夜晚太黑暗，太漫长啊。北欧偏高的自杀率据说就是因为冬天的日照时间太短，夜晚太长。不单是夜晚，人在冬天不也是格外脆弱吗？冬天的夜晚也因此特别难熬，特别感伤，分手，最好还是不要在冬天。

冬天的节日太多了，圣诞节、新年、除夕，接下来还有情人节，一个人会寂寞啊。而且，冬天冷啊，多么需要有个人帮你焐手焐脚，陪你吃火锅，多么需要有个人和你一起把去年的棉被翻出来在床上铺好准备过冬，又多么需要有个人肉暖炉，让你把冻僵了的脚丫架在他肚子上取暖。

假如真的要分手，我和你先去吃一顿火锅吧，吃完火锅再分手，各自上路，以后就别再见了，总会遇到更合适的人。可是，吃完火锅，明天又想吃涮羊肉，涮羊肉这东西怎么能够一个人去吃呢？在喧闹的馆子里孤零零地吃着涮羊肉，那场面多可怜。

想知道一对男女的关系发展到什么阶段，只要看看他们在外面吃什么就明白了。日本人说，一对男女一起吃烤肉，可能已经上过床了，因为吃烤肉不浪漫啊。依我看来，在咱们这边，一对男女一起吃火锅，可能上过不止一次床了。吃火锅多忙乱啊，热腾腾的，擦好的口红早已经脱色，眼线花了，眼睛变成熊猫眼，脸上的粉也掉了，这都不怕让你看见，足以证明你已经是我的了。能够一起吃火锅，就是彼此认定了。可是，有些火锅，也许是最后一次吃了。

长年在苦寒之地生活的人，像因纽特人或者俄罗斯人，他们强悍，是因为他们不得不强悍。在那里的严冬，人一不强悍就会垮掉，可是，我们一旦在这里享受过暖和的春夏，就不想在冬天强悍。这么强悍是为了什么？强悍多累啊。虽然从来不是小鸟依人的类型，但在冬天，我总想躲在某个人的臂弯里，总想有个人把我冷冰冰的手放到他大衣的口袋里暖着。

人们为什么要相爱？因为要一起过冬啊。如果可以选择，谁愿意变成一根冰柱？

北风呼呼的那个冬天的午后,戴着毛帽子,穿着臃肿的羽绒服在路边蹭着脚吃冰激凌,多么变态啊,可是,你会怀念那个陪你一起变态的人。我少女时代最要好的一个朋友曾经陪我做过这件事,可我们已经很多年没见,即使再见,也没有很多话说。

陪我这么做的恋人也是有的,可惜,我们都老啦。

过了冬天再分手;到了26岁得结婚;28岁前得把自己嫁出去,嫁给谁都好,好歹也要嫁一次;到了30岁,我就不爱你啦……我们总是在心中给自己许多期许与期限,好像到时候真的做得到似的。

心中的期限是一回事,现实的期限又是另一回事,曾经梦想26岁结婚,可是,26岁那一年依然单着。曾经希望28岁前把自己嫁出去,可是,他不想结婚,不结婚真的就分手吗?

曾经咬着牙跟自己说过到了30岁要离开他,因为他给不了任何承诺,他已经是别人的了,趁青春还好,转身离开吧。可是,一直蹉跎到35岁了还没走成,谁让我爱他呢?眼看不年轻了,再不走也许就找不到爱我的人了,却始终舍不得。

厄尔尼诺现象作怪，今年夏天极热，据说冬天会极寒，想起都觉得冷呢，准备好羽绒服、秋裤和保暖袜，却没准备好一个人过冬，也不想这么准备。分手这事，还是先拖着吧，何况，你比我胖，你脂肪厚，拿来过冬挺好的。

爱你？不爱你？这一刻、这个冬天，我都无法回答我自己，等过了冬天，我会知道。

到底要不要离开你？女人的青春跟男人的青春不一样，我们的青春短暂些，甚至虚妄些，弹指之间，像做梦一样，一觉醒来就老了，等过了冬天再决定吧。这个冬天太冷了，我决不离开你。

冬天可以一起做的事多着呢。冬至跟家里人吃饭，圣诞节出门去玩，还有年末的倒数派对，丰盛的年夜饭，元宵节的芝麻汤圆，情人节的烛光晚餐……再怎么糟糕的另一半，这时节，也许还是有些优点；再怎么破碎的关系，也都没关系了，只要在一起就好。

你有多好，我已经说不出来，你有多坏，我是知道的，日子有限，青春的季节所剩不多，我只想以后好好做人，好好做一个幸福的女人，既然得不到承诺，既然没有结果，过了冬天，我就不爱你啦。

我想要的是
一个平衡的人生

爱情和婚姻，
或者友谊，
好像是物以类聚，
却往往是互补的。

有一年，我在西安交通大学演讲，交大以理科为主，当晚来听演讲的大部分都是理工男和为数不多的理工女。一个男生在台下发言时说，他们中学时只管拼命读书，恋爱是想也不敢想，怕影响学业，如今终于考上了心仪的大学，一心想着可以尽情恋爱了，这才发现念理科的女生很少，男生那么多，根本就不够分配，他很苦恼，问我该怎么办。他的提问把大家都逗笑了。

接着轮到一个女生发言，她抱怨说，事实上并不是交大的女生太少，而是这些男生都嫌弃理工女不漂亮，纷纷跑到旁边的师范大学去结识比较漂亮和会打扮的文科女，她们理工女在学校也找不到男朋友。她这么一说，大家笑得比之前更厉害了。

到底是理工女给人"女汉子"的印象，太不修边幅，还是理工男太受欢迎，文科女和理工女都想和他们恋爱？

于是，终归又回到那个老问题了，你想嫁给一个理工男还是嫁给一个文科男？当然，大前提是，你有两个选择。

近来红遍全国的理工男应该就是在昆明蹲大牢的那个了。这个理工男因为太聪明了，几次从警察手上逃脱，又两次成功越狱。本来已经判了死刑，却在监狱里通过数理化知识发明了专利，获得了中国专利发明博览会金奖，免于一死，后改判有期徒刑。他又帮助监狱改良了防越狱系统，成为模范囚犯，改写了以后的命运。真的是"学好数理化，走遍天下都不怕"，连监狱都得给你一块奖牌。可是，你想要的理工男应该不是他吧？

理工男的优点和缺点，随时都可以写满一张纸，文科男的好处和坏处也人所共知，一个理工男并不代表所有理工男，一个文科男也不代表全部文科男，我们说的只是共性。

对我来说，一个会做微积分的男人比一个会写诗的男人更迷人，一个懂得天体物理学的男人也比一个会写小说的男人更性感。并不是说我不喜欢诗和小说，而是我大概知道他们的脑袋怎么运作，他们会做的，我也会做，于是就不会特别稀罕了。我想要的是一个平衡的人生，比起诗歌和小说、电影和艺术，我更想知道一个理性的世界是怎样运作的，我希望有个人会用我能够了解的方式告诉我，相对论和万有引力是多么浪漫。要是他说了我也不理解，而且我也多半不能理解，那也没关系，他懂就好。

爱情和婚姻，或者友谊，好像是物以类聚，却往往是互补的。像我这样一个数学不好的人，身边却都是数学好，理科也好的男生和女生，有时我怀疑这是上帝还给我的，就像晚上出生的人上帝都让他们多睡一会儿，把他们变成了夜猫子，允许他们每天睡到日上三竿。

上帝不会总记得给你补偿，你没有的，有时得自己去找，你数学不好，就找个数学好的人吧，两个人数学都不好，看上去多傻啊，怎么过生活呢？若你找到了，你就得学会包容。你喜欢理工男的理性，就得包容他不感性的时候。至于是理性的人比较花心还是感性的人比较花心，完全要看那个人，跟他的专业一点关系都没有，要变的时候，谁都会变。幸好，我认识的理工男大都很感性。这么说可能有点矛盾，理工男感性的时候也比较理性，文科男的感性却很泛滥。

你到底想要一个理性的男人还是一个感性的男人？爱

因斯坦和毕加索,哪一个你更想跟他共度余生?多情的毕加索不会让你痛苦吗?抑或,如果是他,所有痛苦都值得?找爱因斯坦做丈夫,痛苦可能会少一些,问题是,他待在实验室的时间可能比待在家里的时间更长,而且无论你怎样威逼利诱,他应该都不肯去剪头发。

霍金和王家卫,你更想和谁待在一个房间里?那得看你想要过一个怎样的人生。你想有个人帮你修电器,有个人随时都可以帮你把计算机翻过来拆掉再重新安装,还是想有个人跟你漫谈康德和海德格尔、毛姆和托尔斯泰?为什么就没有一个会修电器的托尔斯泰?算了吧,人生的遗憾又岂止这些。

恋爱是一回事,结婚可能又是另一回事。你也许更想和一个文科男谈恋爱,但最后,你或许会选择嫁给一个理工男。你可能想和一个音乐家或者作家谈恋爱,但是,你可能想嫁给那个拯救世界的科学家或者拯救人类的病理学家。你爱上的,也许是他们给你的安全感,可安全感其实也是很虚无缥缈的东西,像宗教一样,你觉得有就有,没有就没有。

嫁给一个理工男,你要担心的,不是他们不浪漫,也不是他们一门心思钻研一样东西，而是他们理科太好了，像美剧《绝命毒师》里那个化学老师，你能不害怕吗？一旦要下手杀掉枕边人，理工男是完全可以做得很利落而且不留痕迹的，甚至连尸体也不会让人找到。当然了，丧心病狂起来，文科男也会杀妻，只是他们做得没那么干净罢了。

为什么就没有文理俱佳，专一也深情，聪明幽默，有情趣，会赚钱，也会生活的男人？不是没有，而是他们通常都已经在别人手里。因为在别人手里，离你太远，你看不清楚，所以觉得特别好。

鱼与熊掌，怎能兼得呢，都说只能跟一个人过日子，既然他都是托尔斯泰了，他为什么还要会修电器呢？难道爱因斯坦还得为你写一首歌吗？理性的世界从来不是这样运作的，你就别那么没逻辑。

就是喜欢欺负你

爱一个人,
是不是就想欺负他?
爱在心里口难开,
于是只好狠狠欺负他。

"你为什么欺负我？"

"就是喜欢欺负你。"

"你为什么不去欺负别人？"

"不喜欢欺负别人，就是喜欢欺负你。"

这几句话多像学校里那个坏坏的小男生跟一个瘦小漂亮的女生之间的对话？那会儿，女孩可怜巴巴地哭了，而他在笑。多年以后，两个人都长大了，同样的对话，拿走"欺负"两个字，却原来是多么深情的告白！

"你为什么喜欢我？"

"就是喜欢你。"

"你为什么不去爱别人？"

"就是不喜欢爱别人。"

"你滚!"

"就是不滚。"

"你为什么不滚?"

"就是不喜欢滚。"

"那你跑。"说完,她自个儿叉着腰咯咯大笑,他也笑了。

我们心里是否都有一个很好欺负的人?爱一个人,是不是就想欺负他?爱在心里口难开,于是只好狠狠欺负他。

一个人很好欺负,你不见得就想欺负他,你只想欺负你喜欢的那个人。小时候,喜欢一个人就会去找他玩,专门欺负他。后来恋爱了,喜欢一个人,也专门找他玩,欺负他,或者被他欺负。

是谁喜欢欺负你,你又爱欺负谁?

"你喜欢我什么?"

"没喜欢你什么。"

"那你为什么不走?"

"怕你找不到我,你这个人特别笨,常常找不到路。"

"你才笨,你又不是一条路。"她说着禁不住笑了。

他多可恶啊!这可恶却是甜蜜的,就像含80%可可的黑巧克力,吃下去好像是苦的,这苦却有回甘。是有这么一个人,他在,就有个人陪你吃好吃的黑巧克力,把最大的一块留给你;他在,一切都好;他在,就有个人陪你玩,如此这般跟你调情调到天荒地老。他谁都不欺负,就是喜欢欺负你;你也一样,你谁都不欺负,就是喜欢欺负他。要是没有了这个人,人生漫长的日子将多么寂寥?去吧!去找个人欺负。

只想和你虚度时光

所有我们曾荒废的岁月都提醒我们,
时间无多了,
下一次,要聪明些,
下一次,要坚强些。

每一年,我们总是默默跟自己说,别再虚度日子,别再荒废时间了。可是,人有时候就喜欢荒废时间,那个在荒废时间、浪掷光阴的我,感觉是如此年轻而任性,颓废也哀伤。

在大学半工半读的第二年,有整整三个月的时间,我和我当时最要好的一个女朋友几乎每天晚上都去泡酒吧。我酒量浅,喝得不多,她很能喝,喝得很凶,结果,到了半夜,醉的通常是她。从酒吧出来,天差不多亮了,两个不愿回家的人随便找个地方吃早餐,然后继续聊,累了就索性趴在餐桌上睡一会儿。这样的我当然无法赶上早上的第一堂课,只好逃学。

这样的日子过了三个月,有一天,我突然觉得我再也不可以这样下去。这大概就是我青春岁月里最荒唐的一段日子了,我不怀念,却也不觉得有什么不好,一个人总不可能每天都充满正能量，时时刻刻都努力上进吧？我才受不了这么阳光的自己。

小堕落，小疯癫，小虚荣，小颓废，小伤感，然后使劲努力，使劲上进，使劲追求自己想要的生活，我似乎更喜欢这样的自己。或者说，这才是我。

有一种人，每次去一个地方旅行也要每天一大早起床，然后一天跑十个景点，丝毫不浪费时间，不浪费机票。天！你饶了我吧！我绝不是一个这么精力充沛、积极上进的人。就像我偶尔喜欢虚度时光，我出门是为了浪费一下时间，也是为了休息。我仍旧会一大早起床，但我每天也许只去一两个地方走走看看。一个人为什么不可以懒洋洋在海边躺一整天什么都不做呢？又为什么不可以无聊？

一个人的无聊也可以是快乐的，若有一个人肯陪你无聊，也挺幸福。

从前说，等一个人，衣带渐宽终不悔，而今哪儿会衣带渐宽呢？等着等着说不定愈吃愈胖呢，因为等待太寂寞和孤单了，只好多吃点，不像两个人的时候，我吃不完的，你帮我吃。

有没有一个人曾为你虚度时光？你又是否曾为某个人

荒废光阴？

人往往在失恋的日子里为某个人虚度了最多的时间，他走了，时间再也没有意义，奋斗也没有任何意思，索性什么都不做，或者，虽然继续上班或上学，却不知道自己在干什么。直到一天，工作做得一团糟，升职的机会拱手让人了，还挨老板骂，或者是根本没有温习就去考试，看着试卷发呆。一天天过去，眼看自己会一直掉到底，会对自己失望，这才突然清醒过来，知道这样下去不是办法，得走出去。

我们曾为离开的那个人浪掷了多少悔恨的时光，然后才明白他不值得？幸好，为时未晚。是的，若为他浪掷是不值得的，若为自己，倒是值得的，那些沉沦的日子终究使你清醒地知道那个人不值得你留恋，你可以活得更好。

他都不爱你了，你浪费多少光阴也跟他无关，只显出你的卑微。

为爱你的那个人执迷到底，可以很美丽，很悲怆，可为了不爱你的那个人执迷不悟，就是跟自己过不去。

人家都不爱你了，你站在门口像个讨饭的乞丐干吗呢？多难看，多心酸啊。

给自己三个月时间吧，顶多一年好了，然后祝他一路走好，我继续上路，活得精彩烂漫。

所有我们曾荒废的岁月都提醒我们，时间无多了，下一次，要聪明些，下一次，要坚强些。今后的我，还是会虚度时光，还是会微笑着荒废日子，只是，是跟我爱也爱我的人。

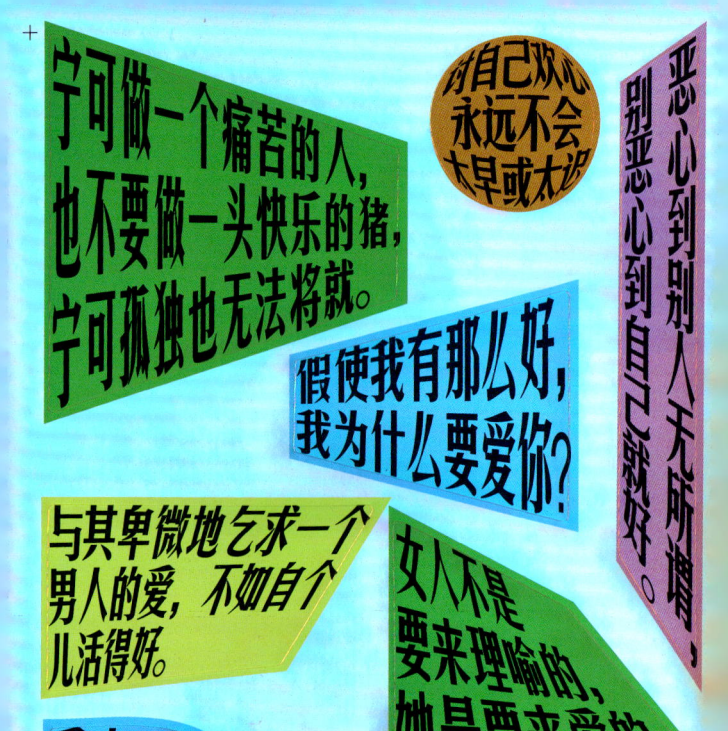

宁可做一个痛苦的人，也不要做一头快乐的猪，宁可孤独也无法将就。

对自己狠心永远不会太早或太迟

恶心到别人无所谓，别恶心到自己就好。

假使我有那么好，我为什么要爱你？

与其卑微地乞求一个男人的爱，不如自个儿活得好。

女人不是要来理喻的，她是要来爱的。

爱上一个不肯长大的男人，不就是提早当妈妈？

人生的归宿是过好这一生。

即使单身又怎样？

我会活得比昨天好，活得聪明些，也漂亮些。

为了你，
万水千山在所不辞

只要知道你喜欢，
万水千山，
万转千回也不远。

女孩在新加坡念书的那几年，她在上海的爸爸常常炖好她最爱吃的腌笃鲜，放在一个小锅里，裹得严严实实，交给一位空姐朋友从上海顺便带去新加坡给她，几个小时之后，飞机降落樟宜机场，这个馋嘴的女孩从空姐朋友手上接过那一小锅爸爸炖的腌笃鲜，只要回家放到炉火上热一下，就能吃到家乡的味道了。那也是爸爸的味道。

女孩早已经离开新加坡回家，也嫁人了，这么多年来，她和爸爸的故事依然感动着我。为了让所爱的人吃到好吃和想念的食物，你都做过什么？为了带美味的东西给心爱的人，你又能走多远？

你是我爱的人，多希望能够跟你分享这世上所有的美食！好吃的，总想给你留一份，而且是最好和最大的一份。可有时候，你却不在身边。夏天没法给你送去冰激凌，冬天又怕饭菜凉了，于是紧紧抱在怀里，用双手、肚子和围巾拼命把菜暖着，换了几次车，走了几十公里的路，唯一担心的是菜凉了，变得没原本那么好吃。送到你面前的那一刻，看到你惊喜和感动的目光，看着你吃得有滋有味，全都吃光，我竟觉得比你更幸福。

人间烟火，饮食男女，不过就是这些微小而细碎的时光，无论我和你后来有没有在一起，一天，我老些了，回头再看，那一刻，我明白了爱情，我也终究尝过爱情的滋味。

"曾经他为了买我喜欢吃的炸鸡，大夏天30多摄氏度，自己没吃饭，在那儿排队一个多小时，给我送过来，又去办别的事，忙得自己一天没吃上饭，如果吵架的时候能多想想这些好，是不是我们就不会分手？"

"我想吃鸭脖，结果前男友从石家庄坐高铁到武汉买一堆鸭脖然后又当天坐高铁回来。"

"曾经为了让最爱的人吃到好吃的饭菜，我会把学校两层食堂的每个窗口都看一遍，如果给我盛的不好，我会倒掉重买，或者点一份小炒，在那些并不宽裕的日子里……"

"为了给他买一瓶茉莉蜜茶，我在超市排了1个小时的队，后来他就被我感动了，我们在一起5年，今年他和我们的初中同学结婚了，还有了女儿。可我觉得青春就是这样义无反顾，一往情深。"

为了你，曾经万水千山在所不辞。

"从合肥到武汉，只为了她说的一句想吃不二家。"

"只因为他喜欢我城市的瓜子，我假期坐5个小时的客车去给他送。"

"开40分钟车，只为送碗面。"

"他过生日，我们是异地，没有火车没有飞机，坐大巴12个小时，我带了生日蛋糕……一直放腿上，下车的时候腿已经没什么知觉了。"

"往返6公里的路程，用走路完成，回来之后换来的是一个欣喜的表情，很满足。"

"我们异地6年了，他说他想吃擀面皮，我就买了去喀什的机票，飞行5个多小时，还要在乌鲁木齐转机。"

"为了给他买早餐，我可以独自在寒冷的天气里走很多条街，一只手拿早餐，另一只手还要控制车子，只为了他说句'好吃，吃得真饱啊'。"

"高中两年，爸爸每周2～3次送花胶汤来，因为那段时间我胃不好，我家在广州，学校在顺德。虽然不是超级远，但爱满满的。"

"不算太远，记得有次凌晨2点多，他说想吃干锅牛蛙，我立马出门买干锅牛蛙去，现在想想蛮佩服自己，真是个女汉子。"

"那一次他感冒了，我一大早就煲好香菇瘦肉粥，然后还是踩着他吃饭的那个点送到，从我家出发到他上班的地方大约两个小时，那天还下雨，而我还是很开心，因为为自己喜欢的人送吃的是一件很幸福的事。"

"在悉尼大半夜，我求室友开车载我去Eastwood（伊斯特伍德），去烧烤店买了一堆烧烤，为了买一杯奶茶，跑了好几家店（那个点大多数店都关门了），一起送去某人家。某人当时惊呆了，我咧！潇洒地甩甩头发跟室友回家了。"

只要知道你喜欢，万水千山，万转千回也不远。两厢情愿的时候，你的幸福也是我的幸福。可惜，并不是每一次的万水千山都是带着爱回去的，有时候，带回去的，是孤单与凄凉。

"曾经执着地爱一个人，为了给骨折的她买肯德基早餐，在零下30摄氏度的齐齐哈尔每天早起，你永远也想不到一个十分怕冷的人有多畏惧严寒。我每天在楼下寒风中等待,将早餐放入怀里,怕早餐凉了,送完了早餐,回到寝室,室友还在熟睡,而我的手已经冻得通红,脚心冰凉。最后女孩好了,对我说,我们不合适。"

"因为她说了一句天热想喝冰莲子糖水,我连忙做好,用小锅装好,细心包裹,隔了半个城送过去。然而,不喜欢我的时候,她也只是一句抱歉而已。"

"从东区开车去市中心买糖水送到西区,明明不顺路却说顺路兜风,他也没拒绝,收下了。可最后他还是感觉不到我的心意,或者说他没意思和我发展下一步关系。"

"有一天他说他想吃臭豆腐,那天下了班我就赶去市里给他买最正宗的臭豆腐,下着雨再赶回家去,他说他吃好晚饭了吃不下。"

"曾经因为他说不想出去吃,我坐了快一个小时的车去给他打包饭吃,还不是他自己下来拿的,我连他的面都没见到。"

你愿意在哪个城市度余生？

这个世界上,
有些城市适合一个人终老,
有些城市只适合和亲爱的人终老。

2016年，奥运会开锣，巴西里约一下子成为全世界的焦点。我想起早年认识的一个台湾男孩小东，他年纪很小就跟随家人移居巴西，在里约热内卢度过了他火热的青春期，然后又回到中国台湾追梦。他说，刚从巴西回来的时候，每次看见人们在麦当劳吃薯条蘸番茄酱都觉得奇怪极了，他们在巴西麦当劳吃薯条都蘸冰激凌圣代。

会不会是因为巴西太热了？人走在街上很快就融掉，不吃冰激凌何以度过漫长夏日？

那回我和小东坐高铁从台北去台南，在车厢里闲着，我问他，要是有一天，当他老了以后，可以在这世上任何一个地方终老，他会选择哪个方？他毫不犹豫地选择回到里约。

"那里有我的初恋。"他腼腆地笑笑，又说，"在里约每天都很快乐，整天就想着去哪里玩，那儿是天堂。"

我想象他的初恋是个开朗活泼的混血女孩，和他一样，有一口洁白的牙齿。热带地方的女孩早熟，那个女孩也许早嫁人了。

初恋情人已经嫁人了，你还要回去吗？

假如让你来选，你愿意在哪个城市度余生？

有的人想要回到初恋的城市，有的人想要留在最后一次恋爱的那个城市，爱上一个地方或者向往一个地方，总有个理由。几年前，有个朋友从丽江回来，非常激动地宣布，她以后要老在丽江那个美丽的地方。

我还没去过丽江，不知道那里是不是一个可以度余生的地方。这个世界上，有些城市适合一个人终老，有些城市只适合和亲爱的人终老。一个人可以住伦敦，英国人几乎是最会跟孤独和寂寞共处的民族，一本书、一壶咖啡、一杯苏格兰威士忌，或者再加一只狗，就能过好每一天的日子。瑞士也是个好地方，但你得带上很多钱才足够在那里度余生。

威尼斯这么浪漫，要是只有你一个人，会不会容易伤感？还是做它的过客好了。米兰湖畔没有威尼斯的那份感伤,也没有叹息桥,可是,意大利面再怎么好吃,天天吃还是受不了。

假如你读过彼得·梅尔的《山居岁月》,你向往的可能是普罗旺斯。那是凡·高住过的城市,气候宜人,虽然是法国的地方,普罗旺斯人却更喜欢用橄榄油烹调而不是黄油,那就不必害怕变胖。

在普罗旺斯,你不用担心不通法语,法语住下来慢慢就学会了,你要担心的是日常生活。法国人做得最勤快的事就是吃饭,肚子的事才是人生大事,其他事情,他们高兴什么时候做就什么时候做。你家漏水,找个水管匠来看看,也许得等上几个星期,到时候你的房子说不定已经浮起来漂走了。一个人或者两口子,好不容易下定决心搬到这个美丽的山城终老,结果可能是还不算太老就气死异乡。

你也不会想在一片苦寒之地终老吧?终老之地又怎么能够是传说中的天涯海角、世界尽头火地岛?火地岛有美洲大陆南面的最后一座灯塔,可那地方荒凉啊。即使身边那个他用自己的胸膛帮你焐手,用他的肚子为你焐脚,那时他也已经和你一样老了,你怎么舍得他冷着?

两个人有两个人的活法,一个人有一个人的活法。到底是一个人的伦敦还是两个人的杭州西溪？是一个人的繁华大都会还是两个人的安静小城？是一个人的湖光山色还是两个人的小桥流水？是圣诞老人的家乡还是你出生和长大的故乡？

跟对的人，在对的地方，老在彼此身上，是美梦抑或是一场幻梦？

即使找到那个对的人，当你们两个都老了以后，总有一个人得先告别。并不是每一次告别都有归期，太老了也许就忘了回来的路，只能在那边等着。

繁花落尽，人生最后的日子，终归是要独个儿回到最初的地方，爱过的和恨过的，或与之终老，或各自天涯。选一人，过日子，选一城，度余生，喧闹也好，安静也好，生活便捷，不打扰人，也没人打扰。当你记忆模糊，两眼昏花时，人生最后的一抹风景看起来都像幻影，只有往事对你微笑依旧。这时候，你已经不怕老了，你怕的，是没有过好这一生。

Chapter 7

人不能因为没有了谁
就没有了自己

———

灯火阑珊处,总有太多的可惜,
人却不能因为没有了谁就没有了自己。
你曾如此爱我,我们都幸福就好。

人不能因为没有了谁
就没有了自己

走出那一步,才知道世界很大,生命很短,要是没有嫁给你,那是另一个我、另一种人生,那我就安然接受,尽量走漂亮些吧。

总会有一个，几个，甚至千百个男人，你认识的或是不认识的，是同学、朋友或是朋友的另一半，你心里想："要是嫁给他，我宁可孤独终老。"只有一个人，你心里想："要是没有嫁给他，我宁可孤独终老。"

可是，后来的后来呢？你没有嫁给你打心底里瞧不起和无法爱上的那些男人，但你也没嫁给你曾经跟自己说要是没有嫁给他，你宁可孤独终老的那个人。

单恋也好，相恋也好，终于还是撤了，分了，你嫁给另一个人，或者一个人过日子。谁也可以没有谁，这句话听起来多么苦涩？却比许多甜蜜的情话真实而恒久。说过只肯嫁他的那个人，最终只是茫茫人海中的某个人。

当时不管是两厢情愿抑或是自个儿想得美，都过去了，可那又有什么关系呢？生活还是要继续。我们不再相爱，我们相爱却没能在一起，又或者是你不爱我也好，都什么时代了，谁会为一个人独身终老？如果独身，也不是刻意的，只是偶然。

曾经那样深深地爱着一个人，愿意倾尽所有去换他的爱，甚至为他生儿育女，一切世俗的东西都可以不要，只要和他在一起就好，后来却变了。人总是会变的呀！所有的执迷终成往事，所有的心碎也会过去，擦干眼泪，走出那一步，才知道世界很大，生命很短，要是没有嫁给你，那是另一个我、另一种人生，那我就安然接受，尽量走漂亮些吧。

曾经那么执拗地想嫁给一个人，是当时年少还是爱疯了？就像小女孩说长大后谁也不嫁，要嫁给爸爸，等她长大了，她嫁的是另一个人，像她爸爸，或者完全不像。爱一个人爱到想嫁给他的那一刻，将永远留在记忆里。当你老了以后，想起当时年少的迷恋爱情的自己，你会眯着眼睛微笑回首，那个你曾想和他永远下去的人，也已经如你般年老啦，没有嫁给他，谁知道是幸福还是不幸福？

多少人，留在了回忆里，却没能留在生活里，不相守，就相忘吧。各自上路，一个人、两口子或是一家子，各自精彩，拐一个弯，人生自有另一番际遇。许多人的问题是总想勉强，勉强不了别人也要勉强自己。结不成的婚不一定就不幸福，结得成的也不见得从此江湖终老。

有的人，永远不只是路人，却没能留下；有的爱，终归会散场。花开了，花也会落，不过就是这么一回事，谁还会说"我再也不会这么爱一个人了"呢？你离开以后，我多希望能够再这么爱一个人，就像我曾那样爱你。灯火阑珊处，总有太多的可惜，人却不能因为没有了谁就没有了自己。你曾如此爱我，我们都幸福就好。

假如爱的不是你，
谁还要相信爱情？

我微笑，是为了你微笑，
你在，我就在。
深情而没有对手，
终究只是一个人孤独漫长的旅程。

生命中也许会有那么一刻，你由衷地感谢你的敌人或是你的对手，是他们提升了你，甚至成就了你，是他们让你成为最强大和最优秀的自己。

李宗伟终于在里约奥运会赢了林丹，可最后两人都输了。李宗伟输给谌龙，摆脱不了千年老二的命运，林丹输给丹麦的阿塞尔森，失掉铜牌。那年，李宗伟34岁，林丹33岁，美人自古如名将，不许人间见白头，运动场上尤其残酷。可是，林丹许下豪言壮语，他说，只要李宗伟打，他就打。

12年来，两人对决36次，一个自小锋芒毕露，一个从小不被看好，只能当后备，全凭个人不懈努力登上顶峰。里约之战，也是两个男人的约定，可是，最后的对手不是你，我都不想赢了。

十几岁的时候，我很喜欢跑步，每年也参加学校运动会的800米赛跑，我的好朋友小月也跟我一起跑，可每次一起步她就黏着我跑，真是碍手碍脚啊，而且她跑起来像袋鼠一样，根本不是跑，更像是一下一下地跳。我都气坏了，赛后我问她干吗黏着我跑，她每次的答案都一样，她说就是喜欢黏着我，黏着我就可以跟着我的节奏跑。

天啊！我又没跑第一，我每年都只拿到第二，她不是应该黏着第一名跑吗？况且，我才没跑得像袋鼠，我跟她的节奏不一样。多年不见，我常常想起她，想起那个老爱黏着我的小身影，那时她连逛街也要牵着我的手。最后一次见面，她已为人母，还是那么瘦，头小小的，从来就不长肉。如今我和她都跑不到800米啦。

无论什么运动都得有个对手，有个对手也就是有个伴，自个儿对着一面墙打乒乓球、自己跟自己打篮球，那多寂寞啊。

爱情不是也得有个对手吗？他是最好的伴，让我努力为人生奋斗。当我落败时、当我想放弃时，他会给我鼓励，会鞭策我，告诉我，我要快点站起来陪他一起跑，他才不要一个人跑。他告诉我，我可以做到，我比我自己以为的要优秀许多。

他也是最好的老师，我因他而长大，因为爱他而懂得自爱，因为爱他而爱生命，因为爱他而了解人生所有的可能和不可能。遇强愈强，我怎么能爱一个不如我的人呢？

你爱的人，是否像你爱他一样爱你？抑或他总是让你感到孤单？

世上有多少肝胆相照的情谊？有多少惺惺相惜的对手？有几个林丹和李宗伟？我们对友情总能够宽容些，若不肝胆相照，对酒当歌也不错，这里又不是江湖，也不是武林，惺惺相惜多么不容易。

我们对爱情却难免执拗，无论爱过几个人，终究只能选择其中一个，一同渡到彼岸，在那儿，唯愿我没有辜负这一生，唯愿我遇到最好的对手，他像我爱他般爱我，他了解我的好和不好，他懂我的不安与脆弱，他也怜惜我的自怜。

他是那个只要我打，他就打的人；是那个只要我坚持，他就坚持的人。爱一个人，能在一起的日子顶多不过就是数十寒暑，直到我们两个都再也走不动了。这一生，是他提升了我，也只有他能够让我活出最好的我。

我微笑,是为了你微笑;你在,我就在。深情而没有对手,终究只是一个人孤独漫长的旅程。假如爱的不是你,谁还要相信爱情?

嘲笑爱情之后,
我们得到什么?

嘲笑爱情之后,
我们得到什么?
相信爱情的人,
终究是比较幸福的。

大家看 The Girlfriend Experience（《应召女友）》第一季了吗？

此剧由鼎鼎大名的史蒂文·索德伯格担任执行制作人，索德伯格导演过《性、谎言和录像带》《永不妥协》《毒品网络》和《十一罗汉》，这部 13 集的美剧以他在 2009 年执导的电影《应召女友》作为蓝本，讲述芝加哥大学法学院高才生 Christine Reade（克里斯汀·里德）的双重人生。

Christine 一角由"猫王"Elvis Presley（埃尔维斯·普雷斯利）的外孙女 Riley Keough（丽莉·克亚芙）出演。美丽的 Christine 白天是法学院学生，还是一家享有盛名的律师事务所的实习生，前途一片光明，可到了晚上，她却是那些多金老头和中年大叔的床伴，收费以每小时 1000 美元起。

索德伯格电影里的女性角色一向刚毅硬朗，Christine虽说是应召女友，倒好像不是男人付钱睡她，而是男人付钱被她睡；不是她取悦男人，而是她拿钱教男人如何取悦她。她在床上几乎都采取主动，唯一一次跟同性室友滚床单，她倒是选择被动。在她性感迷人的外表下，这个反社会的女子是个内心孤独的控制狂。

明明是肉体交易，所谓 the girlfriend experience 是买卖之间的灰色地带，男人付钱买的不单是 Christine 的身体，也是她的陪伴。明明是高级妓女，她卖的却是女友的感觉。一个刚刚丧妻的老头找上她，想要的是她的陪伴和安慰，当然，附加的是一张漂亮的脸蛋和那副青春的肉体。

相比其他恩客，老头对她似乎是最好的，她也喜欢这个老鳏夫。一天，两个人坐船出海玩，他跳到水里之后不见了，以为他溺死的那一刻，她慌了。当他好好地从水里冒出来爬回船上后，她悄悄盯着他看了一会儿，什么也没说。她本来可以说她多害怕他会死，只要她说出来，老头肯定会感动，会给她更多，可她不肯说。她恨这慌乱的、害怕失去一个人的感觉，她不习惯软弱和依赖别人，甚至为自己的这种感情感到难堪和愤怒。

不久之后，老头真的死了，这个好心的男人留了一份遗产给她。她有没有感动，戏里没看出来。老头的儿女用了卑劣的手段阻止她拿到这份遗产，她最后只得不情不愿地放弃。可即使拿到那50万美元的遗产，她大概也不会停止这种生活。

明明是付足了钱的一场买卖，老头死后为什么留给她钱呢？老江湖如他，难道不清楚他只是她众多客人之中的一个吗？他不会傻得以为她对他动了真情，只是，情与欲之间，有时候就是这么模糊。情总离不开欲，那么喜欢你，难道不想碰你吗？碰多了就难免有情。有的人比较多情，有的人比较薄情，无论多还是少，始终都是有情的。有情就有依恋，有依恋就会恐惧失去。在佛陀时代，有一条戒律是这样的：头陀不三宿空桑之下。比丘在一棵树下过夜和打坐不能超过三天，到第四天就必须离开，因为在那个地方住久了就会产生留恋，有留恋就有牵挂，就有感情。佛犹如此，人何以堪？

都说人生若只如初见，Christine多恨这种依恋的感情？她才不想花时间与任何人建立关系。比起和陌生男人上床，她更害怕的，是需要别人的感觉。与其被失去某个人的恐惧所折磨，不如不要相信任何人。不渴求什么，也就不失去什么。世人所渴求的温暖、幸福和陪伴，对她来说都是可笑的。

她爱上她的上司戴维，只因戴维同她一样无情和自私。但她错了，戴维并不是同她一样无情和自私，而是比她更无情，更自私，更不择手段。上床之后，发现她稍微对他动了情，他就像甩开一只讨厌的苍蝇那样马上甩开她。可她不是苍蝇，而是血吸虫。像她这种女子，受伤之后只会变得更强大和更疯狂。她偷偷录下两个人最后一次性爱的片段，以此控告他性骚扰。他的事业彻底被她毁了，可也就在这一刻，他竟想念起她。

人的感情多么奇怪！我们对同类既恨且爱。我们知道，唯有同类了解我们。狮子了解狮子，猫咪也了解猫咪，知己知彼，好像就不那么孤独了。有个人如你一样坏，或是有个人如你一样无情，居然是蛮有趣的。

应召女友和这些客人之间由始至终只是一笔笔明码实价的买卖，各取所需，可有那么一刻，你发现，在这场买卖里，买的人与卖的人同样卑微可怜。买的人好像高高在上，手上有钱，可以号令一切，卖的人也恃着青春和美貌收钱办事。一夕之欢，事后各不相干；肉帛相见，在床上如此亲密，走下了床，还是各自穿上衣服回家去。汗水体液，只是一场交易，为什么却又乐此不疲呢？

谁叫你有欲念？人都被自己的欲念控制着，在自毁的路上醉生梦死、飞翔或慢走，以为那是通向欢愉的路，那条路却是通向黢黑之地的，在那里等着的，只有孤单和落寞。我想起我那个风流成性的朋友说的一个故事，他说，有一次，他和一个女人一夜情之后，那个女人睡着了，他坐在床边，看着她赤裸裸的背，突然觉着说不出地沮丧，他哭了，他后来告诉我，那一刻，他好寂寞。我们很难想象这种人会寂寞，可再想想，一个无法独自度过一个夜晚的男人的确是寂寞的。

Christine 陪伴过许多像他这样的寂寞的男人，她看来总是那么体贴和善解人意，她用一双纤纤玉手抚慰他们可怜的肉体，满足他们卑微的欲念，可她从来都不是欲海慈航，她才没想要普度这一群欲海苍生。她压根儿就是一艘欲海航母，要航向那片爱欲的荒芜之地，在那儿睥睨承诺，嘲笑爱情。

这个叛逆的女子早看穿了肉欲与爱情的荒唐。肉欲固然是苦的，它总需要我们的臣服，可爱情又何曾可靠？有时我们心里想倚靠一个人，有时却又知道想倚靠一个人的这颗心多么柔软、脆弱和荒凉，也多么危险。那倒不如倚靠自己的青春和美貌，自己至少不会背叛自己啊。

青春和美貌却也是危险的。Christine 的一个客人爱上了她，他把她带进他的生活，让她认识和他最亲近的几个朋友，他甚至买下一幢临海的漂亮的房子给她，只要她愿意，随时可以搬进去。他唯一要的，是她从今以后只属于他一个人。

她看起来好像也爱他，可她才不是。在她心中，他只是她其中一个舍得花钱的客人，有一条界线，是他不能跨越的，一旦跨越了，她就会掉头离开。这个可怕的占有狂被她拒绝之后，用她的电子邮箱把他偷偷拍下的两个人的性爱短片发给所有人，包括她的家人和律师事务所的每个人。这一天，她崩溃了，也是从这一天起，她逐步走向疯狂，变得混乱和歇斯底里。她的人生就像股票一样，一夜崩盘。做个应召女友，并不像她当初想的那么轻松和美好，摆在她前面的，将是一出失控的悲剧。

谁说只有自己不会背叛自己？除了你自己，谁又能使你堕落？我们却总是脸带微笑伤害自己。Christine 是否曾后悔自己的选择？像她这样的一个女子，是决不肯后悔的。这条路并非没有归途，也并非无法回头，但她宁可失去一切也不愿意回头。

依恋和依靠别人真的是一份脆弱的感情吗？抑或，有个可以依恋和依靠的人，始终是温暖的？在红尘中踽踽独行，没有一棵树可以留恋，没有一个人可以牵挂，没有一颗星星的陪伴，那是多么孤寂而凄凉的前行！

嘲笑爱情之后，我们得到什么？相信爱情的人，终究是比较幸福的。

若有重逢，
唯愿是一场美梦

若有离别,
我们各安天涯,
年年月月,
愿你安好。

现实生活中，我们不会说着话突然就载歌载舞，*La La Land*（《爱乐之城》）这部歌舞片从一开始就告诉你，一切都是个梦，那你就以做梦一样的心情去看戏里的相遇，相爱，重逢和梦想吧。

在华纳片场咖啡店打工的米娅和钢琴师塞巴斯汀，一个爱演戏，梦想成为演员；一个沉迷爵士乐，想要开一家爵士乐俱乐部。这两个人相爱的时候也正是他们人生最失意的时候，他们彼此欣赏，互相鼓励，在追逐梦想的路上相依相伴。

塞巴斯汀为了让米娅过上稳定的生活而违背了自己的意愿，加入一支流行爵士乐队到处演出，钱是赚到了，却与米娅聚少离多，更被米娅责怪放弃梦想。米娅终于有机会出演一部电影的女主角，却因为害怕再一次失望而拒绝去试镜，塞巴斯汀几乎逼着她去试镜。这次试镜，也成了米娅人生的转折点。

米娅的新片要到巴黎拍摄，那天晚上，两个人窝在家里，塞巴斯汀对米娅说："当你到了巴黎以后，演完这部戏，你会成名，当你成名了以后，你会遇到别的人。"

这么说的时候，塞巴斯汀脸上始终带着微笑、爱和了解。米娅并没有反驳，她没有说："不，我不会爱上别人。"

多么洒脱的一个男人！连异地恋都不需要了，既然已经可以预见彼此人生的轨迹不会一样，又何必拖拉？我对你只有祝福。

"la la land"原意解作沉醉在自己的世界里，我们大多数人不都沉醉在自己的世界里吗？分别只是有些人沉醉到最后都没醒来，有些人醒过来了。是沉醉到最后的人幸福一些，还是醒过来的人幸福一些？谁又知道呢。

la la land 这个短语让我不期然想到了 neverland（永无乡），只要到达这片永无乡，彼得·潘和其他所有人也就永远不用长大，永远年少，永远可以逃避生活的责任和枷锁。

这片 neverland 不也是 la la land 吗？无论 neverland 是唤作永无乡、乌有之乡还是虚幻乡，在这里，你将永远是少年，将永远沉醉在自己的世界里。在这里，我们也不会因为人生的轨迹不一样而跟所爱的人各奔东西。

我们不都是这样吗？双脚明明踩在现实世界里，却又梦游在自己建构的另一个世界里，另一个世界虽然幸福，却也许遥远而荒凉，像他乡；他乡也是梦乡。可要是没有了那片遥远而荒凉的他乡，我们在现实生活里行走将会多么疲累与孤寂？

多年以后，米娅功成名就，嫁了个事业有成的老公，生了个女儿，这天晚上，夫妻俩无意中走进一家热闹的爵士乐俱乐部，老板竟然就是塞巴斯汀。他在台上，她在台下，时隔经年，两个人都圆梦了，却也已经不在一起。

现实里的重逢应该粗糙很多吧？唯有在梦乡，或者在la la land，重逢才会有如许诗意。

假如当初没有分开，我的人生是否依然如此？是快乐还是不快乐？为什么没有在一起？是不是我走得太远了？

我们不都幻想过另一种人生吗？嫁给你，或者没有嫁给你，会是多么不一样？只是，我们终归只能过一种人生，跟一个人终老。另一种人生，在心里，却也在他乡；虚幻，也乌有。

若我会见到你,时隔经年,我如何和你招呼?以眼泪,以沉默。

——拜伦《春逝》

也或许,以复杂的微笑。

这一生,有的人陪你走一段路,唯有一个人,陪你一路走到最后。陪你一路走到最后的那个人是否你最爱的那个人?抑或他是否最合适的那个人?嫁给最爱或者嫁给最合适的那个人,两种人生到底有多么不同?到头来,只能够留给想象。

一天,当你老了以后,你渐渐就明白,人这辈子看起来仿佛都在他乡,一切都像梦。相遇,相爱,相知,未必相伴到老。

若有重逢,唯愿是一场美梦。

若有离别,我们各安天涯,年年月月,愿你安好。

男人和女人
有纯友谊吗?

这个问题你也许问过自己无数次,却永远没有答案。

都说人生有四个阶段：我信圣诞老人，我不信圣诞老人，我是圣诞老人，我变成圣诞老人。现在的你在哪个阶段？

圣诞节本来是纪念耶稣降生为人，为世人赎罪，让我们死后可以进天堂的。整部《旧约全书》记载的，就是耶稣的事迹。可不知道从什么时候开始，圣诞节的主角从耶稣变成了圣诞老人，后来的后来，主角又从圣诞老人变成了恋人，于是，谁都不希望在这一天失恋或者形单影只。

等过了圣诞节再分手吧！或者，尽量在圣诞节之前脱单吧！

这世上真的有圣诞老人吗？当然是有的，芬兰就有一个圣诞老人村，那儿还有鹿车和圣诞老人办公室。每逢圣诞节，商场里也有很多圣诞老人跟客人拍照，只是，这些圣诞老人都是由人扮的，才不是我们小时候以为的那个童话故事里的人物，会在半夜从烟囱口爬进你家，偷偷把圣诞礼物塞到你挂在床尾的那只袜子里。

真实世界里，谁会是送你礼物的圣诞老人？是爱你的那个人或者你自己。

欧·亨利100多年前写的短篇小说《麦琪的礼物》传诵至今，感动了世世代代无数的人，我们永远忘不了那个金表和长发的故事，而我最喜欢的两部跟圣诞节有关的电影是1989年上映的《当哈利遇上莎莉》和2003年的《真爱至上》。

《当哈利遇上莎莉》探讨的是一个永恒的主题：男人和女人真的可以只是朋友吗？

哈利觉得不可以，男人和女人不可能成为朋友，因为性爱总是他们中间的拦路虎。莎莉坚决不认同哈利的观点，她认为男人和女人可以只是朋友而没有性爱。12年间，哈利和莎莉从当初有点厌对方到成为互相陪伴和倾诉的好朋友，中间又因为琐事吵架，赌气不再见面。

和哈利吵架后的那年圣诞节，纽约下着大雪，没有了哈利的陪伴和帮忙，莎莉只能一个人跑去买圣诞树，然后又一个人吃力地拖着沉甸甸的圣诞树，踩着厚厚的积雪回家。那是个寂寞的圣诞节。

后来他俩和好了，单身的两个人都视对方为难得的知己，可是，这么要好的一男一女最后还是逃不掉不小心上了床的宿命。这下可尴尬了，还要不要做朋友？

男人和女人真的可以只是朋友吗？这个问题你也许问过自己无数次，却永远没有答案。

可以，也不可以吧？得看你是什么人，而对方又是谁。

做朋友是做什么朋友？是普通朋友，比一般关系好的朋友，还是很好的朋友？普通朋友当然可以，比一般关系好的朋友也可以。至于很好的朋友，无论过去还是现在，我都认为是不可以的，除非他喜欢的不是女人，或者你喜欢的不是男人。

什么是好朋友？对我来说，是你跟这个人无所不谈，甚至可以睡在一块，一直聊天聊到天亮，他说的笑话你会笑，你懂他的幽默，他也懂你的神经质。一个对你没有感觉的男人才不会陪你在床上聊天聊到天亮，而那个和你睡在一块，聊天聊到天亮的男人又怎么可能对你没有性幻想？要是没有，那你得检讨一下自己。

好吧，是我没遇到。人有时只能相信自己的经验。

《真爱至上》由几个小故事交织而成，有暗恋、单恋、偷偷恋爱、相爱而不敢表白……每个故事都在圣诞节那天进入高潮，每个故事都温馨感人，即使是单身的人，看着也觉得幸福，爱情就是这么甜，尤其在圣诞节。

从前那些圣诞节是怎么过的，我早已经想不起来了，只记得我曾在圣诞节前一天分手，也曾在圣诞节之后几天遇见我爱的那个人。有一种寂寞和感伤，是圣诞节；也有一种幸福和抚慰，是圣诞节。这一年的圣诞节，是寂寞和感伤选中了你，还是幸福和抚慰选中了你？

我信圣诞老人，我不信圣诞老人，我是圣诞老人，我变成圣诞老人……当你有些年纪了以后，这四句话看起来多么像是圣诞版的《虞美人》！

"少年听雨歌楼上，红烛昏罗帐。壮年听雨客舟中，江阔云低，断雁叫西风。而今听雨僧庐下，鬓已星星也……"你是歌楼上那个相信圣诞老人的少年，抑或已经是僧庐下的圣诞老人？

少年子弟江湖老，悲欢离合不断上演，我们都曾如此相信爱情和幸福，如此相信我们谁也不离开彼此，我们会互相依靠和陪伴，直到雪落尽了，直到生命中最后的一个圣诞节。

真的会如愿吗？谁又知道呢？只能珍惜相依相聚的时光。唯愿以后的每一个圣诞节，你都在。圣诞快乐，亲爱的。

有人牵挂，
就是幸福

无论你在哪里，无论你跟谁一起过，
心安就是归乡，
有人牵挂和被人牵挂，
都是幸福的。

父亲和母亲都是少小离家的人，两个人在香港这个小岛上相遇，终老。父亲的故乡在广东开平；母亲是安徽人，家在婺源，她离乡的时候，婺源还是属于安徽省的，后来才归入江西省。我不知道她算是安徽人还是江西人，不过她似乎一直认为自己是安徽人，喜欢安徽的一切，也爱听黄梅戏。那时她和舅母，还有大表姊，每次结伴回安徽探亲都兴奋得彻夜无眠，如今，这三个人都不在了。

我儿时到底有没有吃过安徽菜，我已经想不起来了，假如有的话，也是在舅父和舅母家里。母亲早已被父亲同化，只会做广东菜，舅母做的菜倒是像安徽菜，跟我平日在家里吃的很不一样，而且他们一家和我母亲都很能吃辣，也很爱吃猪肉，尤其是肥肉。我的口味倒是跟了我父亲，不爱吃肥肉，也不能吃辣。

父亲九岁离家，对故乡的记忆比较模糊，而且是愈老愈模糊，也愈离奇。小时听他说起故乡的种种，都是围绕着祖父的，祖父是私塾老师，据说生前吝啬成性，一个咸蛋要切成四块，分开吃四天。一个咸蛋分开吃四天，这个我还能想象，一小块咸蛋可以用来下饭或者拌粥。可是，父亲后来又说，祖父就连一颗豆豉也要分开吃四天。一颗豆豉怎么可能切成四份，每天吃四分之一颗呢？父亲记忆中的故乡的豆豉应该是巨型的吧？

这些年，我去过很多地方，北京、西安、上海、云南、广西、成都、兰州、南昌、佛山、深圳、珠海……可就是没去过开平和婺源，而今父母都不在了，我也许更没机会去。

我们都是无根的一代，尤其是在香港土生土长的人，只有籍贯，没有故乡，不像我的台湾朋友，过年可以回去宜兰、回去台南、回去花莲和台东，也不像我内地的朋友，春节可以回老家过年。虽然路途遥远劳累，但那毕竟是自己出生和长大的地方，回去就可以吃到想念很久的家乡菜，也可以看看儿时读书的学校和小时候爬过的那棵树。对了，小时候觉得很高的那棵树，现在怎么变矮了呢？是一直都这么矮的吗？

一代一代的人都在城市里出生，春节回家过年的习惯也会慢慢改变吧？然后，回家过年变成了外出避年，日本、韩国、泰国、美国、欧洲、大洋洲、南非和北非、塔希提岛……满世界地跑。跟回家过年相反，去的时候带着一个没装满的行李箱，回来的时候带着大包小包，箱子也装满了。

渐渐地，年味不一定是回乡过年，而是跟家人和爱人一起过。从前，回乡是回家，今后，回家就是回乡，只是，故乡不在远方，而在身边、在心里，有亲人和爱人的地方就是家。

一代人有一代人的记忆，韩少功在《马桥词典》里写道，在他下乡当知青的那些日子里，最渴望的就是下雨，只要下雨，大家都可以放下田里沉重的工作，躲到雨棚下避雨和休息。他对雨的回忆是幸福的，可是，他在城里出生和长大的十多岁的女儿，跟他相反，她完全无法理解父亲为什么喜欢雨。她最讨厌下雨，下雨就意味着许多有趣的户外活动都得取消，而雨，却是她父亲的青春。

回家过年，也是一代人跟一代人不一样吧？孩子跟父母的故乡素未谋面，应该无法理解那份感情，只能想象，下一代和再下一代，连想象都不可能了。而今回家过年是愈来愈简单了，年夜饭也不敢吃太多，怕吃胖了要减，真是悔不当初。

过年的意义应该是团圆吧？一家子，只要能相聚就是团圆，有家人的地方才算是家，有家可以回去的人都是幸福的。

为什么浪荡的人最终还是想要有个家？为什么不相信爱情的人最后还是走进婚姻，管它以后会不会是个错误？人生总有一些时刻，无所谓理智或不理智，你说不出地想家，或者想要一个家。

有些人在家里得不到爱，跑很远去找，有时找到，有时找不到；有些人是受伤之后才明白毫无条件的爱只能在家里，离家远了，才知道在家里的好。

有些人一生都在修补童年的伤口；另一些人，一生都想要复制一个像自己家那么好的家。

人最早的爱和恨、最早的哭泣和欢笑、最初的幸福和不幸福，不都来自家庭吗？

家是受伤的地方，也是疗伤的地方；家是爱和痛；家是年少也是年老。今年回家过年的、没回家过年的、不能回家过年的人，大年夜，祝福你平安喜乐，团团圆圆。无论你在哪里，无论你跟谁一起过，心安就是归乡，有人牵挂和被人牵挂，都是幸福的。

在老朋友面前，所有自以为的改变都是徒劳的

假若会再见到你，
我不害怕老去，
因为你见过我青春年少的容颜。

有没有一个旧朋友,许多年没见了,你偶尔还是会想起她?想知道她现在过得好不好,想知道她都在做些什么。她一直在你心里,是青春的记忆,你却明知道你和她不会再见,即使再见,也不会像从前那么好了。

当时年少啊。

她是我的学姐,比我大一岁,那时候,我们总是形影不离,我们分享所有的秘密,我们懂得彼此的苦涩与孤独。她没考上大学的那天,是我陪着她在夜晚的海边坐到天亮。当她住进医院时,是那个从来就没煮过汤的我煮了一碗牛肉汤带给她喝,后来她常常说那碗汤可难喝了。

她长得很漂亮,追她的男孩子很多,她几乎是我爱情的启蒙老师。那么多人想要爱她,可她偏偏爱着一个对她不好的男人,他是她的初恋。每次两个人吵架,她都说会离开他，可她一次又一次哭着回去他身边。

我已经想不起她后来是怎样离开他的，她终于自由了。

这么多年过去，我常常想，我和她真的可以做一辈子的朋友吗？当时我是以为会的。我们是一起洗澡，一起睡觉，一起哭，一起笑的知己好友，我们说好了谁先结婚另一个人就当伴娘，我们说好了将来要住在两幢相连的房子里，孩子们一起玩。

这个白日梦多傻啊，她喜欢小孩，跟她两个姐姐的孩子很亲，身为家中老大的我，却根本不想生孩子。

为什么渐行渐远？也许是因为我们后来喜欢过同一个男人吧？虽然最后我们谁都没跟那个男人在一起，我们甚至坐在一起笑着说他的坏话，但是，心里那根刺是拔不掉的。

那年夏天，我在一家餐厅再见到她，她大着肚子，穿着一条松垮垮的没袖子的孕妇连衣裙，脚踩着一双平底的露脚趾凉鞋，长发剪掉了，人也胖了些，不再是当年那个早熟的带点沧桑的女孩子，而是终于安定下来，成为一个幸福的母亲。那时我们已经有七八年没见，她告诉我，第二个孩子快出生了，她希望这胎是个儿子。那天餐厅很吵，没能多说几句，我们交换了电话，说好了改天要约出来一起吃个饭。

回家以后,我始终没打那个电话,时间一长,就更不会打了。她也没找我。那是我最后一次见她。

曾经那么要好的两个人,再见时虽然并不陌生,却也知道不会再见了,说改天要出来吃个饭,不是应酬,而是彼此美好真诚的愿望与期待。那时还年轻,任由期待落空。我猜想她也像我一样,无数次想过要打电话,却也在等待对方的电话首先打来。我们的生活早已经没有交集,我想活得比她好,而她一向认为所有男人都应该爱她,她是那么美。

这么多年过去,应该谁也不会再生谁的气了。毕竟,一起走过青春的朋友就只有这一个,在我生命里,她是早于爱人的。

我们都老啦,假使今天再见,也许还是可以聊到天亮,一起洗一起睡,曾经青涩的身体不都一起老了吗?我已不年轻,她也有些年纪了。我比十几岁的时候瘦,她会不会也一样?抑或胖了?

心里那根刺,原来终究会被时间拔掉,只留下可惜与怀念。若能再见多好啊,我想象我们聊着笑着玩着,明明都老了，在彼此眼中，却还是当年模样。

青春做伴的朋友，即使多年不见，在彼此眼中，却也许依然是当年那个人，没变美，没变丑，也没变老，时隔多年，再见时，我们心里会想："这人怎么一点都没变？还是小时候的样子，眼神和表情都跟以前一样啊。"

在老朋友面前，所有自以为的改变都是徒劳的，我们又变成当年那个人。她在我眼里没老，我在她眼里也就没老，这天再见，分手时道了再见，以后还要再见。回家的路上，陪伴我的是青春年少的日子，是曾经与最好的朋友分享的苦涩、孤独与不安。同学少年，是生命中多么难得的一份诗意。

假若会再见到你，我不害怕老去，因为你见过我青春年少的容颜。

© 中南博集天卷文化传媒有限公司。本书版权受法律保护。未经权利人许可，任何人不得以任何方式使用本书包括正文、插图、封面、版式等任何部分内容，违者将受到法律制裁。

图书在版编目（CIP）数据

请至少爱一个像男人的男人 / 张小娴著. -- 长沙：
湖南文艺出版社, 2023.7
ISBN 978-7-5726-1220-6

Ⅰ.①请… Ⅱ.①张… Ⅲ.①散文集－中国－当代
Ⅳ.① I267

中国国家版本馆 CIP 数据核字（2023）第 095103 号

上架建议：畅销·散文

QING ZHISHAO AI YI GE XIANG NANREN DE NANREN
请至少爱一个像男人的男人

著　　者：张小娴
出 版 人：陈新文
责任编辑：刘雪琳
监　　制：毛闽峰
策划编辑：颜若寒
特约编辑：赵志华
营销编辑：刘　珣　焦亚楠
封面设计：尚燕平
版式设计：李　洁
封面插图：Miss Cyndi
出　　版：湖南文艺出版社
　　　　　（长沙市雨花区东二环一段 508 号　邮编：410014）
网　　址：www.hnwy.net
印　　刷：北京中科印刷有限公司
经　　销：新华书店
开　　本：775 mm×1120 mm　1/32
字　　数：148 千字
印　　张：9.5
版　　次：2023 年 7 月第 1 版
印　　次：2023 年 7 月第 1 次印刷
书　　号：ISBN 978-7-5726-1220-6
定　　价：49.80 元

若有质量问题，请致电质量监督电话：010-59096394
团购电话：010-59320018